LE PAUVRE IDIOT,

OU

LE SOUTERRAIN D'HEILBERG,

DRAME EN CINQ ACTES ET HUIT TABLEAUX,

PAR

MM. CH. DUPEUTY ET L. M. FONTAN;

Représenté pour la première fois, à Paris, sur le théâtre de la Gaîté, le 6 juin 1838.

DISTRIBUTION DE LA PIÈCE:

L'IDIOT	M. Laferrière.
FRÉDÉRICH	M. Fillon.
ATHANASIUS	M. Firmin.
TONY	M. Deshayes.
ULRIC	M. Charlet.
OSCAR	M. Brazier.
RANTZAU	M. Adrien.
Un Conseiller aulique	M. Édouard.
Un Officier (personnage muet).	
LA DUCHESSE	Mlle Stéphanie.
WILHELMINE	Mme Gautier.
AMÉLIE	Mlle Jenny.
Dame WOLFRUG	Mme Firmin.
ARNOLD	M. Fonbonne.
Un Domestique	M. Thiébaut.

ACTE PREMIER.

PREMIER TABLEAU.

La scène se passe au château d'Heilberg.

Un petit salon gothique; à droite, une porte; une autre plus grande au fond. Une lampe allumée.

SCÈNE I.

Dame WOLFRUG.

(Elle coud près d'une table.)

Là! voilà mon ouvrage à-peu-près terminé; je le finirai cette nuit, si l'on m'appelle pour veiller le vieux Job Hauser.

SCÈNE II.

Dame WOLFRUG, ULRIC.

ULRIC, entr'ouvrant la porte du fond.

Êtes-vous seule, dame Wolfrug?

DAME WOLFRUG.

Oui, mon garçon.

ULRIC.

Alors, je puis entrer?

DAME WOLFRUG.

Que veux-tu?

ULRIC.

Savoir des nouvelles de Job Hauser, dame Wolfrug. Va-t-il mieux aujourd'hui?

DAME WOLFRUG.

Comme ça, Ulric, comme ça! J'ai quitté son chevet depuis trois bonnes heures au moins. Il dormait, mais son sommeil était pénible et agité.

5)

ULRIC.

Ce pauvr' brave homme! je m'y intéresse pourtant... C'est lui qui m'a donné ma place de jardinier du château : je desire de grand cœur qu'il en revienne, ma foi! (Il prend une chaise.) Dites donc, dame Wolfrug, pendant qu'il n'y a que nous ici, j' serais pas fâché de causer un peu avec vous.

(Il s'assied.)

DAME WOLFRUG.

Oui, oui, je te conseille de te mettre à ton aise... (Montrant la chambre de côté.) Tony est là, près de son père; il peut venir d'un moment à l'autre, et s'il te trouvait...

ULRIC.

Bah! nous l'entendrons venir... C'est vrai, cependant, que M. Tony a défendu aux domestiques de pénétrer dans cette partie du château... Pourquoi? je l'ignore... Enfin, il a ses raisons... (Se penchant vers elle.) Vous pourriez pas me dire quelles raisons il a?

DAME WOLFRUG, avec impatience.

Non.

ULRIC.

C'est drôle! (Regardant son ouvrage.) C'est des chemises que vous cousez là, dame Wolfrug?

DAME WOLFRUG.

Oui.

ULRIC.

Dieu! que c'est finement travaillé! que vous avez la main et l'aiguille légères! C'est à s' mett' à genoux d'vant ces chemises-là!... (Rapprochant sa chaise.) Le vieux Job... il y a long-temps qu'il est au château, n'est-ce pas?

DAME WOLFRUG.

Seize ans.

ULRIC.

Seize ans!

DAME WOLFRUG.

Il était auparavant au service de madame la duchesse d'Heilberg, à Munich.

ULRIC.

Ah! oui, madame la duchesse d'Heilberg, notre maîtresse, qui a tant de belles propriétés à Nuremberg, tout près d'ici! Vous la connaissez, dame Wolfrug?

DAME WOLFRUG.

Je n'ai jamais eu l'honneur de la voir, mon garçon.

ULRIC.

Ah bah! vous qui ét' ancienne dans la maison, vous n' connaissez pas not' maîtresse!

DAME WOLFRUG.

D'après ce que m'a raconté Job, elle n'a pas visité ses domaines une seule fois depuis qu'il y est... depuis seize ans!

ULRIC.

Aussi ils sont gentils, ses domaines! surtout ce château! Ça fait peine, ma parole! les murs ne tiennent pas... c'est à peine si les portes ferment .. Il y aurait haut comme moi d'herbe dans la cour, si je n'en arrachais pas chaque jour le plus que j' peux... Si ça continue, le château nous tombera sur la tête, dame Wolfrug!... Et puis, n'y a pas assez de domestiques pour le mal qu'il y a!

DAME WOLFRUG.

C'est Job Hauser qui l'exige ainsi... Lui et son fils Tony pour garder cette partie du château; moi pour entretenir le linge, et toi pour le jardin. Excepté ça, pas ame qui vive!

ULRIC.

Il devrait s' faire remplacer, le vieux Job, au moins, à présent qu'il n'est plus bon à rien, et qu'il est en train de s'en aller!

DAME WOLFRUG.

Ulric!

ULRIC.

Vous avez raison : faut pas parler d' ça... ça pourrait le faire s'en aller plus vite!... (Se levant et regardant autour de lui.) Dieu! que c'est triste, cette salle! Oh! ces grands portraits!... Vous n'avez pas peur là-dedans, vous, dame Wolfrug? Je ne m'y plairais pas, moi, d'abord... Et puis, j' n'aim' pas vot' M. Tony... oh! je n' l'aime pas; et cela me serait fort désagréable d'habiter sous le même toit que lui!

DAME WOLFRUG.

Qu'importe?

ULRIC.

Oh! vous ne l'aimez pas non plus, allez, j'en suis sûr!... Le vieux Job était dur quelquefois... oui; mais il avait de bons moments... Au lieu que M. Tony... c'est un sournois, un hypocrite, un... D'ailleurs, il est rouge... et les rouges, ça ne vaut pas le diable!

DAME WOLFRUG, lui mettant la main sur la bouche, et lui montrant la chambre.

Silence! n'entends-tu pas marcher de ce côté?

ULRIC.

C'est M. Tony, peut-être... Adieu, dame Wolfrug! j' vais arracher mon herbe de la cour...

(Il s'enfuit précipitamment. Quelques instants après lui, Tony sort de la chambre de côté et entre.)

SCÈNE III.

DAME WOLFRUG, TONY.

TONY.

Dame Wolfrug, allez auprès de mon père.

SCÈNE IV.

TONY, seul.

Il n'en a pas pour long-temps, le vieillard!... ce sera un grand bonheur pour lui de mourir, car voilà six mois qu'il souffre, et ne bouge pas de son lit!... il doit avoir amassé de l'argent, depuis seize années qu'on lui donne trois mille ducats pour garder... mais il faut qu'il l'ait caché quelque part, et bien caché, cet argent, car je l'ai cherché par-tout en vain. Au reste, je suis son héritier, et cela me reviendra... mieux encore, même, car à présent, grace à la maladie qui le retient depuis six mois, je suis devenu le confident d'un terrible secret; je puis imposer les conditions que je voudrai!... (Après avoir réfléchi.) Mais ce secret, il va être découvert peut-être!... de sourdes rumeurs circulent dans les environs, et l'on assure même que le batelier Freeman, qui depuis quelque temps est venu s'établir sur les bords du lac..... j'éclaircirai cela!... c'est que je serais perdu sans ressources... (Ici on entend des voix confuses dans la cour.) Qu'est-ce que c'est?... (il va à la fenêtre et regarde.) Des gens à cheval!...

SCÈNE V.

TONY, Frédérich D'HEILBERG, le baron DE RANTZAU, Oscar D'ERFURTH, autres Seigneurs.

FRÉDÉRICH, à ses amis.

Par ici, messieurs, par ici!

(Ils entrent.)

TONY, à Frédérich.

Que desirez-vous, monsieur?

FRÉDÉRICH.

Qu'est-ce que cela te fait, manant?

TONY.

Mais, apparemment que j'ai le droit de vous le demander! on n'entre pas ainsi dans ce château: il appartient à la noble duchesse d'Heilberg, et je suis chargé...

FRÉDÉRICH.

Parbleu! je le sais bien qu'il appartient à la noble duchesse d'Heilberg, ce château! et c'est parce qu'il lui appartient, que son fils, je crois, peut y venir sans ta permission.

TONY.

Son fils!

FRÉDÉRICH.

Frédérich d'Heilberg, comte de Leignitz, capitaine des gardes de Sa Majesté, et le plus mauvais sujet du royaume!... rien que cela!...

TONY.

Mais qui m'assure?...

FRÉDÉRICH.

Oh! point de réplique... ou je te jette par la fenêtre!... Nous avons faim et soif... fais-nous servir, et sans retard, les provisions que nous avons apportées... il nous faut, et tout de suite, une table abondamment servie... et du meilleur vin!... autant de couverts que de convives!... va!...

(Tony s'incline et sort.)

SCÈNE VI.

Les Mêmes, hors TONY.

OSCAR.

Ah çà! nous diras-tu, maintenant, pourquoi tu nous as amenés dans ce vilain nid de hibou, car il est noir et lugubre comme un roman d'Anne Radcliffe, ton château! Nous étions à Nuremberg, où ta compagnie est en garnison, vivant joyeusement au milieu des bals et des fêtes!... Ce soir... onze heures sonnaient à la grande horloge de Nuremberg... tu nous réunis, et tu nous dis: — « Camarades, je vous propose « une partie de plaisir! » accepté!... nous sellons nos chevaux, nous partons.... cinq mortelles lieues à faire... et pendant la route, pas un mot de toi, malgré nos prières, pas une seule petite confidence sur le but et le lieu de notre pèlerinage sentimental!... nous avons respecté ton secret: mais une pareille discrétion mérite une récompense, et tu vas nous apprendre enfin, je l'espère, ce que nous sommes venus faire ici?...

RANTZAU.

Pour ma part, je déclare que si Frédérich continue à se taire, je remonte à cheval, et je m'en retourne à Nuremberg!

TOUS LES AUTRES.

Et nous aussi!

FRÉDÉRICH.

Je parlerai, messieurs, je parlerai, quand le souper que j'ai commandé sera servi!..... pas auparavant!

OSCAR.

Allons; nous attendrons, alors!

FRÉDÉRICH.

Et vous n'attendrez pas long-temps... Regardez!

(Tony apporte une table, aidé d'Ulric.)

SCÈNE VII.

Les Mêmes, TONY, ULRIC.

TONY.

Monseigneur nous excusera si ce que nous avons l'honneur de lui offrir n'est pas digne d'un hôte tel que lui... mais...

FRÉDÉRICH, lui jetant une pièce d'or.

Voilà pour abréger tes excuses..... maître..... quel nom as-tu?

TONY.

On m'appelle Tony.

FRÉDÉRICH.

Maître Tony, laisse-nous.

TONY, à part, en sortant.

Je vais jusqu'à la cabane de Freeman, le batelier... ce qu'on m'a dit des bruits qu'il répand m'inquiète et m'alarme!

FRÉDÉRICH.

Eh bien?...

TONY.

Je sors, monseigneur, je sors!

SCÈNE VIII.

LES MÊMES, hors TONY et ULRIC.

FRÉDÉRICH.

Quelle figure patibulaire! avez-vous remarqué, messieurs? où diable ma mère a-t-elle été chercher une face de bandit comme celle-là?..

OSCAR.

C'est preuve de goût de la noble duchesse! Il faut toujours assortir les meubles à la maison...

FRÉDÉRICH.

Tu lui en veux bien à ce pauvre château, Oscar!... moi, j'ai mes raisons pour ne pas partager ton antipathie! il n'est pas beau, c'est vrai: il tombe en ruines, c'est vrai encore! mais il est entouré de magnifiques domaines qui rapportent au moins dix mille thalers de rente!

OSCAR.

Et tu hériteras de tout cela?

FRÉDÉRICH.

Oui, grace au frère aîné de ma mère, qui a jugé à propos, dans mes intérêts, de mourir sans enfants... je me trompe! il en a eu un, mais il l'a perdu à l'âge de quatre années; luimême n'a pas survécu de beaucoup à ce malheur! or, la première branche de la famille éteinte, dignités, fortune, couronne, ducats, reviennent à la seconde; de misérable cadet que j'aurais été, je suis devenu chef d'une des plus illustres races de l'Allemagne. Je n'aurais jamais été qu'un simple gentilhomme, et ce château dont tu médis tant, ce château, berceau de mes ancêtres, me confère le titre de duc!... A présent, t'étonneras-tu que j'aie eu l'envie de le visiter? je le devais, ne fût-ce que par reconnaissance!

OSCAR.

Ah! c'est là le motif de notre promenade!

FRÉDÉRICH.

Un des motifs.

RANTZAU.

Et l'autre?

FRÉDÉRICH.

Oh! celui-là, il est trop bizarre... et vous ririez trop de moi peut-être, si je vous le disais avant que ces bouteilles fussent vidées!... (*Il montre les bouteilles qui sont là.*) A table donc, et versons!

(*Ils s'asseoient.*)

OSCAR, *versant à boire et prenant son verre.*

A nos santés!...

(*Ils boivent.*)

RANTZAU.

Excellent!

FRÉDÉRICH, *à Oscar.*

Passe-moi ce pâté de venaison.

(*Il le découpe.*)

OSCAR.

Ah çà! et ton professeur, Athanasius! où s'est-il fourré?... Il me semble qu'il était avec nous, quand nous avons traversé le pont-levis du château.

FRÉDÉRICH.

Oh! il sera resté en contemplation devant quelques sites bien romantiques!

OSCAR.

C'est que, s'il tarde, je crains, du train dont nous allons, qu'il ne lui reste même plus un os à ronger!

FRÉDÉRICH.

Les savants ne mangent pas!

OSCAR.

Et c'est un savant dans toute la force du terme, Athanasius!

FRÉDÉRICH.

C'est un bon et digne homme, simple, pur, dévoué, que je respecte, et que j'aime, Oscar!

OSCAR.

Ah çà! dis-donc, les bouteilles sont vides ou à-peu-près! Tu oublies que tu nous dois compte du second motif qui t'a engagé à nous conduire ici...

FRÉDÉRICH.

Vous le voulez?... En ce cas, apprêtez vos plus amères railleries, aiguisez vos plus mordantes épigrammes, messieurs les esprits forts, car j'ai entrepris ce voyage pour trouver... (*attention générale.*) des revenants!

TOUS.

Des revenants!

FRÉDÉRICH.

Oui, messieurs, des revenants!... Ah!... c'est une idée singulière, n'est-ce pas?... Vous allez me traiter de fou ou de visionnaire, d'enfant bercé par des contes de nourrice... que m'importe!... Je n'ai pas une ame froide et positive, moi, messieurs! J'ai reçu du ciel un don funeste : c'est une imagination toute d'illusion et de poésie, une imagination qui se laisse aller doucement à ses rêves, et qui bientôt les transforme en réalités. Dans mon jeune âge, je m'en souviens, je tressaillais aux vieilles histoires que m'apprenaient les bonnes femmes du château, en me faisant danser sur leurs genoux. Le soir, à la veillée, près de la cheminée gothique, où pétillait le genêt ou le sarment, j'écoutais, immobile, les récits merveilleux de fantômes et d'apparitions! Depuis, je n'ai pas changé : le vent qui siffle, en ployant la cime des grands arbres, m'inspire encore une vague frayeur! le flot qui mugit sourdement au pied du rocher, l'éclair qui brille, la foudre qui gronde, ont encore une signification pour moi! Je frissonne au cri de l'orfraie, je ne foulerais pas, sans trembler, la pierre d'une tombe, et j'ai peur la nuit!

OSCAR et LES AUTRES, riant.

Ah! ah! ah!... Mais, revenons... à tes revenants!... Sont-ils dans ce château?

FRÉDÉRICH.

Ils sont dans ce château.

OSCAR.

Ta parole d'honneur?

FRÉDÉRICH.

Ce qu'il y a de sûr, c'est qu'il se passe en ces lieux quelque chose d'extraordinaire!... c'est que la rumeur publique a apporté ce bruit jusqu'à Nuremberg... et qu'il n'y a pas un cercle de la noblesse, ou une réunion de la bourgeoisie qui ne s'en occupe maintenant.

RANTZAU.

Ceci est juste, et je le garantis... On en parle.

FRÉDÉRICH.

Et l'on désigne le château d'Heilberg comme le lieu de ces étranges mystères.

OSCAR, gaîment.

Alors, courons sus aux revenants, morbleu! et renvoyons-les en enfer, d'où ils sont probablement sortis!

SCÈNE IX.

LES MÊMES, ATHANASIUS.

ATHANASIUS; il entre vivement, l'air égaré; il traverse la salle, et va s'asseoir sur un fauteuil.

Oh! oh!...

OSCAR.

Eh! c'est Athanasius!

RANTZAU.

Vous venez un peu tard!... Les plats ont été écornés en votre absence... C'est égal!... approchez et mangez!...

ATHANASIUS.

Je n'ai pas faim!

OSCAR, se levant et allant à lui.

Vous n'avez pas faim? (Le regardant.) Ah çà! mais vous avez une drôle de figure!

RANTZAU, le regardant.

Vous êtes tout pâle!

ATHANASIUS.

Je suis pâle?... je crois bien!

FRÉDÉRICH, qui s'est approché comme les autres.

Qu'avez-vous, mon cher professeur?

ATHANASIUS.

Je ne sais pas... je suis tout confus... tout troublé!... j'ai honte de moi, presque... Écoutez!... Au moment où vous avez traversé le pont-levis, vous vous rappelez que je vous ai quittés; j'avais remarqué, à gauche, ce lac immense qui tourne autour du château avec ses îles nombreuses, si fraîches et si verdoyantes, et je m'étais dit à part moi: Pendant qu'ils souperont, j'irai explorer ces bords enchanteurs... oh! c'est que, voyez-vous, c'est un magnifique coup-d'œil!

FRÉDÉRICH.

Après?...

ATHANASIUS.

Justement, il y avait, attaché au rivage, un joli petit bateau, qui semblait avoir été placé là exprès pour moi. Je réveillai le batelier qui était couché à côté de ses avirons. Il me demanda si je désirais faire une promenade?... Je lui répondis que c'était mon intention, et je montai dans son bateau. Lui, ramait doucement, doucement; moi, je regardais de tous les côtés, admirant, ravi, en extase... quand nous nous arrêtâmes en face de la partie de ce château qui est au nord.

FRÉDÉRICH.

C'est celle où nous sommes.

ATHANASIUS.

J'aperçois une haute muraille dont le lac venait baigner le pied, et qui était à moitié masquée par une rangée de bouleaux et des plantes marines qui couvraient ses vieilles pierres grises: je contemple... recueilli en moi-même, ce spectacle imposant, lorsque tout-à-coup, un cri part d'entre les bouleaux, un cri rauque, sourd, inarticulé, comme le rugissement d'une bête fauve.... et ce cri!... il a été répété trois fois!...

OSCAR.

Oh! oh!... ceci devient intéressant.

ATHANASIUS.

Je fixe mes regards alors sur l'endroit d'où je présumais que ce cri était parti... je ne distinguai rien d'abord; mais enfin, à travers le feuillage des arbres, je découvris une étroite ouverture qui me parut garnie de barreaux de fer, et je vis... ou je crus voir un visage hâve et décharné, collé contre cette ouverture, et des yeux vifs et brillants qui luisaient au milieu de cette obscurité. Je l'avouerai, un frisson mortel me saisit et courut par tous mes membres. « Monsieur, me dit le batelier, éloignons-nous: ce que vous venez de voir, je l'ai vu souvent aussi! si vous m'en croyez, nous regagnerons bien vite le rivage!... » J'étais si tremblant que je n'ai pas trouvé une parole pour lui répondre; et avant que je fusse revenu de ma stupeur, j'avais déja atteint le château.... je n'ai repris mes sens qu'en entrant ici.

OSCAR.

Mon digne Athanasius, vous avez le cerveau fêlé!...

RANTZAU.

Je ne m'étonne pas que l'élève soit superstitieux; il a profité des leçons de son maître!

FRÉDÉRICH.

De l'indulgence, messieurs; le récit d'Athanasius vous fait rire... moi, il me fait penser... et je veux moi-même... Athanasius, j'aurai à vous demander un renseignement important, car dussent les sarcasmes de ces messieurs pleuvoir encore sur moi, je jure, foi de gentilhomme, que j'exécuterai le projet que j'ai conçu.

(Ils sortent.)

SCÈNE X.

ATHANASIUS, seul.

Je ne les accompagnerai certes pas, moi!... j'en ai assez!... Cette figure!... ce cri!... Allons, allons, chassons ces idées... nous coucherons ici sans doute; il est temps, trois heures vont sonner: disons nos prières du soir! (Il tire un bréviaire de sa poche.) Ce livre date de loin: quand j'étudiais au séminaire de Prague, ma vieille mère me le donna, et il ne m'a pas quitté depuis: j'ai étudié dans beaucoup de livres de science, plus tard, mais jamais je n'y ai fait de lectures aussi consolantes que dans celui-là. (Après une pause.) Qui eût deviné cependant que, d'humble prêtre que j'étais, je serais devenu un grand docteur, suivant le monde... ce qu'ils appellent un savant... (On entend du mouvement dans la chambre à côté.) Mais quel est ce bruit?

DAME WOLFRUG, entrant agitée.

Monsieur Tony! monsieur Tony!

SCÈNE XI.

ATHANASIUS, DAME WOLFRUG.

ATHANASIUS.

Qu'avez-vous, ma brave femme?...

DAME WOLFRUG.

Ah! monsieur, qui que vous soyez, courez prévenir monsieur Tony, que le vieux Job se meurt, et qu'il demande un ministre pour l'assister à ses derniers moments. Allez vite, par pitié! car le pauvre cher homme n'a peut-être pas cinq minutes à vivre.

ATHANASIUS.

Je vais... je vais!...

DAME WOLFRUG.

Moi, je retourne auprès de lui.

ATHANASIUS, l'arrêtant.

Attendez! attendez!... je réfléchis!... moi, madame... je n'ai pas perdu ce saint caractère; le temps est précieux pour une ame qui s'en va: venez, venez, conduisez-moi vers lui.

SCÈNE XII.

LES MÊMES; ULRIC, accourant.

ULRIC.

Dame Wolfrug, voilà M. Tony qui rentre au château.

DAME WOLFRUG, entraînée par Athanasius.

Eh bien! dis-lui que son père se meurt!...

(Elle entre avec Athanasius dans la chambre.)

SCÈNE XIII.

ULRIC, seul.

Ah! bah!... il part, le vieux Job, sans prévenir personne, comme ça!... Tiens, tiens, tiens... je n'annoncerai pas cette mauvaise nouvelle à M. Tony!... je me sauve!

SCÈNE XIV.

TONY, seul.

(Il entre préoccupé: Ulric s'en va sans que Tony l'aperçoive.)

Je n'ai pas vu Freeman: il n'était pas à sa cabane... mais j'ai interrogé sa femme, et elle a confirmé mes soupçons. Décidément, on se doute de quelque chose!... que faire?... Oh! j'y songerai. La nuit s'avance, et voici bientôt l'heure où je dois descendre dans le souterrain où est l'enfant enfermé, pour lui donner l'opium qui sert à l'endormir, pendant que je lui apporte sa nourriture. (Avec colère.) Maudit enfant! il finira par causer ma perte, c'est sûr! Par bonheur, il n'y a pas de danger qu'il accuse jamais ni moi, ni personne, car il ne parle pas: depuis seize ans qu'il est là, aucun visage humain ne s'est offert à ses regards; aucune voix humaine n'a retenti à son oreille! Hier, quand je me suis approché, pendant son sommeil, de la natte qui lui sert de couche, je l'ai bien examiné pour la première fois: ses traits sont beaux, pleins d'expression... Deux choses l'occupent particulièrement: une vieille image que mon père a laissée un jour à côté de lui, et qui représente un sainte Vierge, aux pieds de laquelle des chrétiens sont agenouillés; puis une fleur qu'il cultive, et qui a poussé entre les pierres mal jointes de sa prison; hors ces deux choses, il ne songe à rien, il n'aime rien. Drôle d'existence tout de même! (Il entend du bruit.) Mais taisons-nous, on vient.

(Il sort.)

SCÈNE XV.

ULRIC, FRÉDÉRICH, OSCAR, RANTZAU, AMIS.

FRÉDÉRICH.

Puisque vous le desirez, messieurs, encore un verre de ce vin pour me donner du courage!

OSCAR.

Bien dit!

RANTZAU.

A la réussite de notre mystérieuse entreprise!...

(Ici on entend un cri plaintif sorti de la chambre à côté.)

FRÉDÉRICH.

Qu'est cela?

SCÈNE XVI.

LES MÊMES, ATHANASIUS.

FRÉDÉRICH.

Athanasius! que vient-il de faire dans cette chambre?

ATHANASIUS.

Un moribond avait besoin de secours, je suis allé le secourir.

FRÉDÉRICH.

Je vais moi-même...

ATHANASIUS.

Il est trop tard!

FRÉDÉRICH, bas.

Alors, messieurs, dirigeons-nous vers le lac.

ATHANASIUS, à part, à Frédérich.

Je viens de recevoir une horrible confession, monsieur.

FRÉDÉRICH.

Bien, bien : vous nous conterez cela en route... Partons.

(Ils mettent tous un doigt sur leurs lèvres, comme pour s'inviter à la discrétion : Athanasius considère, sans être vu, un paquet cacheté qu'il sort de son sein. — Sortie.)

DEUXIÈME TABLEAU.

Un caveau dans le château d'Heilberg : architecture gothique, voûte élevée, pilier à droite et à gauche ; au fond, une porte recouverte de clous et de lames de fer ; à gauche, une fenêtre étroite, fermée d'une forte grille, et environ à six pieds du sol ; des herbes et des plantes marines, du lierre rampant à la muraille ; au bas du pilier de droite, une natte est étendue à terre : à côté, une cruche ; attachée au pilier, une image de sainteté que l'obscurité empêche d'abord de voir distinctement.

SCÈNE I.

UN ENFANT.

(Musique. Air : *Lorsque dans une tour obscure.*)

(Au lever du rideau, il est accroupi sur la natte, les yeux tournés vers la fenêtre, et donne de temps en temps des marques d'impatience ; puis il se lève, et court à la fenêtre : à l'aide des plantes rampantes, il grimpe et s'attache aux barreaux, cherchant à percer l'obscurité de son regard : il reste un moment ainsi, puis se laisse tomber et revient prendre sa première position sur la natte, les yeux toujours tournés vers la fenêtre ; son impatience augmente, et ses mouvements expriment l'attente la plus vive. Il prend et place à côté de lui une fleur, la compagne de sa solitude, qui pousse dans un débris de vase de terre. Il semble plaindre cette pauvre fleur du retard que le jour met à paraître : lui-même il a froid ; ses dents claquent, tout son corps tremble ; enfin, les premiers rayons du soleil pénètrent à travers la grille de sa fenêtre. Il se lève vivement à mesure que l'obscurité disparaît ; il saute, il bondit de joie et fait entendre quelques sons inarticulés : « Ah! ah! ah!... » puis il va se placer devant les rayons bienfaisants, et sa pantomime exprime le bien-être qu'il ressent de la chaleur du soleil. Ensuite, il prend sa fleur, l'apporte devant la lumière du jour, et la regardant avec amour, il semble dire qu'ainsi que lui, cette pauvre plante prisonnière se ranime et prend une force nouvelle. Dans sa rêverie, il se demande d'où viennent ce jour et ce soleil : il montre la voûte de son cachot, qui lui cache le ciel. Ensuite, par un mouvement de piété reconnaissante, il désigne l'image sainte qui est attachée au pilier, s'en approche, et, les mains jointes, il a, pour ainsi dire, une révélation de Dieu, et prie pour lui et pour sa fleur. (Musique. Air : *Ave Maria*, de Loïsa Puget.) Tout-à-coup, il prête l'oreille comme s'il avait entendu du bruit : il doute cependant, et pour mieux saisir le son, il pose son oreille contre terre. « Oui, cette fois, il « en est sûr, quelqu'un vient : on est loin encore, mais on « vient... les pas se rapprochent... » Il prend vivement sa fleur, et va la cacher derrière le pilier. Ensuite, il s'approche de la porte du fond, puis exprime son contentement en faisant entendre que c'est sa nourriture qu'on lui apporte. Une espèce de guichet s'ouvre alors dans la porte, une main passe par cette ouverture, et présente à l'enfant un flacon dont il s'empare avec avidité ; la main se retire, le guichet se referme, et tout rentre dans le silence. L'enfant regarde le flacon, puis avale d'un seul trait l'opium qu'il contient ; après, il se jette sur sa natte, met sa fleur à côté de lui, comme pour lui servir de compagne pendant son sommeil. (Musique. Air : *Dormez donc, mes chères amours.*) et il s'endort par degrés. — L'orage gronde, on entend le bruit de la pluie ; le ciel s'est couvert, les rayons du jour ne pénètrent plus dans le cachot où règne l'obscurité la plus profonde.)

SCÈNE II.

L'ENFANT, endormi ; TONY.

TONY, au fond ; il porte une lanterne.

Il dort, sans doute.... Cette fois la dose d'opium était assez forte pour qu'il ne se réveillât plus... (S'approchant de la natte, et regardant à la lueur de la lanterne.) Il faut qu'il ne se réveille plus!.... j'ai reçu des instructions précises à cet égard! Quand il vous gênera, m'a-t-on dit, débarrassez-vous-en..... Il me gênait, puisque les soupçons sont éveillés ; et s'il faut sacrifier quelqu'un, j'aime autant que ce soit lui que moi.... (L'idiot rêve.) Il rêve!..... La dose était pourtant doublée. et je croyais bien.... Ma foi! finissons-en.... (Il tire un large couteau de sa veste, et s'approche de la natte ; mais en ce moment la clarté de sa lanterne donne sur l'image sainte qui est attachée au pilier : il recule.) C'est singulier! la vue de cette image sainte a produit sur moi un effet..... et puis la mort de mon père.... cet orage qui gronde...j'ai peur... (Tonnerre. — Il serre son couteau, comme pour se le cacher à lui-même.) Ma foi! puisqu'il doit mourir.... il mourra ; mais ce ne sera pas moi qui le tuerai.... j'ai un moyen qui vaut mieux.... tout le monde est parti du château..... il ne reste plus un seul domestique.....

moi, je partirai aussi quand j'aurai enseveli mon père; et alors, seul dans ce cavau, au milieu de ces ruines, on ne connaîtra pas plus la mort de l'enfant qu'on n'a connu son existence.... Oui, dès demain, je quitterai mon métier de geolier pour cette riche ferme qui m'a été promise..... Mais j'y pense..... ses cris de rage, quand il ne trouvera pas sa nourriture.... on pourrait les entendre à travers cette fenêtre qui donne sur le lac....... eh bien! je la murerai, cette fenêtre... et, muettes comme la tombe, ces voûtes garderont à jamais notre secret.

L'ENFANT, révant.

Ah! ah!

TONY.

On dirait qu'il se plaint...... ce sont les premières atteintes de la faim, sans doute..... il va s'éveiller....

L'ENFANT. Même cri, mais plus prononcé; il se met sur son séant.

Ah! ah!

TONY.

Il s'éveille.... sauvons-nous.....

(Il sort vivement et referme la porte.)

SCÈNE III.

L'ENFANT.

(Il achève de s'éveiller; l'orage a cessé, la clarté ne reparait pourtant pas encore; il se frotte les yeux, puis étend les mains autour de sa natte, comme pour chercher sa nourriture; il est étonné de ne rien trouver: son inquiétude se manifeste par ses gestes... Il se traine, il tâte, il cherche partout.... Rien, rien.... il est au désespoir; il exprime qu'il a faim, qu'il a soif.... il prend sa cruche; elle est vide. Le jour a reparu; alors il cherche de nouveau, il crie, il va à la porte comme pour la briser, grimpe à la fenêtre, puis se laisse retomber; enfin, épuisé par les efforts qu'il a faits, il vient tristement se remettre sur sa natte, puis il pleure..... Il se relève encore, appuyant les mains sur sa poitrine, pour exprimer la faim qui le torture, et tout-à-coup il se jette à genoux devant l'image sainte, il éclate en sanglots et en plaintes inarticulées qui semblent supplier Dieu de venir à son aide.)

SCÈNE IV.

L'ENFANT; FRÉDÉRICH, en dehors.

FRÉDÉRICH.

AIR : Fragment des chevaliers d'Avenel (DAME BLANCHE).

Chantons, chantons,
Chantons, amis, voici la terre;
Chantons, chantons,
Au gré de la brise légère!
Que la nature
Est belle à l'heure du soir!
De l'onde pure
Rien ne trouble le miroir.

(Aux premières notes de ce refrain, l'enfant se retourne d'abord comme étonné, puis il se lève et écoute: la joie commence à se peindre sur sa figure. — Les chants ont cessé, l'Idiot écoute encore, et pousse plusieurs cris rauques, comme pour appeler à son aide. — Musique. Air : *Venez, venez à mon secours.*)

FRÉDÉRICH, en dehors.

Qui êtes-vous?

(Étonnement et silence de l'Idiot.)

FRÉDÉRICH, en dehors.

Avez-vous besoin de nos secours?

(Effrayé, l'Idiot se laisse tomber de la fenêtre, et manifeste par ses gestes la surprise qu'il éprouve. — Musique. Air : *Je tremble et je ne sais pourquoi*; puis se ramassant, il prête encore l'oreille, exprime l'impatience de ne plus entendre les chants, et semble les provoquer en répétant des parties incomplètes du refrain. — Musique. Air : *Le Chant d'Avenel*, de LA DAME BLANCHE. Dépité de n'entendre que le silence, il se met en colère et recommence les cris rauques qu'il a d'abord poussés. A ce moment, un grand bruit se fait à la porte, en dehors; terreur de l'enfant: à mesure que les coups retentissent, il en répète le bruit: *Houm! houm!* Tantôt il s'approche pour écouter de plus près; tantôt il recule. Les coups retentissent avec plus de violence; la porte cède et tombe: alors, l'Idiot, dans le plus grand effroi, va se réfugier dans un coin, accroupi, et tremblant.)

SCÈNE V.

L'ENFANT, FRÉDÉRICH, RANTZAU, ATHANASIUS, COMPAGNONS DE FRÉDÉRICH; UN PIQUEUR, armé et portant une gibecière.

FRÉDÉRICH.

Où sommes-nous?... approchez donc les torches.

RANTZAU, cherchant.

Je ne vois rien.

FRÉDÉRICH.

Ni moi.

ATHANASIUS.

Ni moi.

(L'Idiot s'est blotti derrière le pilier de droite.)

FRÉDÉRICH.

Je commence à croire, maître Athanasius, que, vous et le batelier, vous aurez eu une vision... et que les cris que nous avons entendus sont tout simplement ceux de quelque chat sauvage qui a sa retraite dans les ruines de ce manoir.

ATHANASIUS.

Ne parlez pas ainsi, Frédérich: il y a ici un prisonnier, un être humain.

FRÉDÉRICH.

Cherchons, alors.

ATHANASIUS, découvrant l'Idiot, et avec effroi.

Ah!

TOUS.

Qu'y a-t-il donc?

ATHANASIUS.

Voyez, voyez vous-même.

FRÉDÉRICH.

C'est un enfant... (S'approchant de lui.) N'ayez pas peur... et répondez-moi...

L'ENFANT.

(Il cherche à parler, et ne rend que des sons inarticulés : tout le monde s'est approché; la clarté des torches blesse ses regards par un éclat trop vif : il couvre ses yeux de ses mains.)

FRÉDÉRICH.

Éloignez la lumière de ses yeux... Mais ne tremblez donc pas ainsi... nous sommes pour vous des amis.

(L'enfant lève avec crainte ses regards sur Frédérich, et exprime qu'il a besoin de nourriture.)

ATHANASIUS.

Hélas! je le vois, les sons ont perdu pour lui leur valeur... il ne peut parler... il n'entend pas peut-être.

FRÉDÉRICH.

Pauvre enfant! déshérité de l'intelligence... du don le plus précieux que le ciel ait fait aux hommes.

ATHANASIUS.

Tout espoir n'est peut-être pas perdu... confiez-le moi, Frédérich; je tâcherai de ranimer en lui ce feu sacré qu'on a voulu éteindre, et si je réussis, je remercierai Dieu chaque jour, de m'avoir inspiré le goût de la science.

FRÉDÉRICH.

Oui, maître, oui, je vous le confie... vous serez le père de l'orphelin, car vous lui donnerez plus que la vie.

(Pendant ce qui précède, l'Idiot, qui a examiné les traits de Frédérich et d'Athanasius, paraît un peu rassuré par le sentiment de pitié qui les anime; il se lève, et posant les mains sur sa poitrine, il exprime qu'il souffre de la faim.)

ATHANASIUS.

Il a faim.

FRÉDÉRICH, prenant du pain dans la gibecière du piqueur.

Les monstres! ils l'avaient abandonné!

(L'enfant mange avec avidité le pain que lui a donné Frédérich; on lui donne à boire dans une gourde; après avoir bu, il garde quelques gouttes de l'eau qu'elle contient, et les verse sur sa fleur; puis, ne sachant comment remercier son bienfaiteur, il se couche à ses genoux.)

FRÉDÉRICH, le relevant.

Pauvre enfant! il m'arrache des larmes.

ATHANASIUS.

Il est sensible à un bienfait, il éprouve le sentiment de la reconnaissance... Oh! merci, mon Dieu! tout n'est pas désespéré.

FRÉDÉRICH.

Je jure Dieu, messieurs, que si cet enfant est la victime d'un crime, quel que soit le coupable, pauvre ou riche, faible ou puissant, je saurai le lui faire expier, car dès ce moment, cet infortuné est sous ma garde, et aussitôt mon arrivée à Nuremberg, je dénoncerai cet affreux mystère aux magistrats!

ATHANASIUS.

Non, Frédérich, non; vous ne ferez pas cela encore. Je vous demande comme une grace, et je vous le demanderai à genoux, s'il le faut, de garder le plus profond secret sur l'existence de cet enfant, jusqu'à ce qu'Athanasius vous dise : Il est temps de parler!

FRÉDÉRICH.

Et pourquoi?

ATHANASIUS.

Oh! j'ai des raisons graves pour vous adresser cette prière. Frédérich, vous avez confiance en votre vieux professeur; ne lui refusez pas la promesse qu'il exige de vous!

FRÉDÉRICH.

Je me tairai.

ATHANASIUS, aux amis de Frédérich.

Et vous, messieurs, vous ne révélerez rien de ce qui s'est passé ici?

(Signe d'assentiment des amis de Frédérich.)

FRÉDÉRICH.

Partons! (S'arrêtant.) Mais n'avez-vous pas entendu du bruit?... là... (On entend en ce moment des coups de marteau.) On mure cette fenêtre... Ah! nous allons savoir enfin...

ATHANASIUS.

Frédérich, rappelez-vous l'engagement que vous avez pris avec moi... (Aux amis de Frédérich.) Cachez les torches!

(Frédérich prend la main de l'Idiot pour l'entraîner; mais celui-ci lui fait signe d'attendre. Il arrache du pilier l'image sainte, qu'il met dans son sein; puis il prend sa fleur, qu'il serre contre lui, et revient près de Frédérich.)

FRÉDÉRICH.

Partons!

ATHANASIUS.

Attendez, il ne pourrait supporter l'éclat du jour.

(Il met un mouchoir sur les yeux de l'enfant.)

(Tout le monde se dispose à sortir. On entend toujours les coups de marteau.)

ACTE SECOND.

PREMIER TABLEAU.

Le cabinet d'Athanasius, à Nuremberg : livres, tableaux, objets de curiosité. Au fond, une porte ; à droite, au premier plan, également une porte, mais à un seul battant ; à gauche, près de la cheminée, une petite porte cachée ; à gauche, un miroir sur une table : la glace en est cachée ; une table aussi à gauche, avec un fauteuil et papiers ; devant la cheminée, un écran.

SCÈNE I.

ATHANASIUS, seul.

(Il est assis près de la table de gauche, et achève d'examiner des papiers.)

Quel horrible mystère !... Là, le vieux Job a tout écrit ; là, sont racontés les malheurs d'une pauvre femme et les souffrances de son enfant... là, aussi, j'ai lu le crime d'une autre femme, et cette femme est la mère de Frédérich, de mon élève chéri... Que devais-je faire, moi que le hasard avait rendu maître d'un tel secret ?... Dénoncer ce crime de séquestration à la cour aulique, et faire retentir toute l'Allemagne d'un procès qui n'avait pour limite que l'échafaud... J'ai peut-être mal agi, mon Dieu ! mais je n'ai pas voulu tuer Frédérich, en frappant la duchesse d'Heilberg !.... Grace aux renseignements contenus dans ces papiers, j'ai envoyé un domestique, un ami fidèle, à la recherche de la mère si malheureuse qui croit son enfant mort ; et, s'il la retrouve, j'adoucirai d'abord l'amertume de sa vie... Quant à moi, mon parti est pris... Rendre l'enfant à l'intelligence, reconquérir une ame au ciel et un homme à la société, tel est mon but, tel est mon devoir... Mais mon envoyé, parti depuis bientôt quinze jours, et qui ne revient pas !... N'aurait-il pu retrouver cette pauvre femme... et lui remettre ma lettre, ou bien aurait-elle succombé à sa douleur ?... (Coup de sonnette à la porte.) Ah ! Dieu soit loué !... c'est lui sans doute, et quelque chose me dit là qu'il m'apporte de bonnes nouvelles. (Il ouvre la porte.) Frédérich !...

SCÈNE II.

ATHANASIUS, FRÉDÉRICH.

FRÉDÉRICH.

Eh bien ! embrassez-moi donc, mon cher professeur.

ATHANASIUS.

Bien volontiers.

FRÉDÉRICH.

Vous voyez que je suis exact ; écoutez donc aussi, attendre quinze jours un grand secret... savez-vous que c'est un effort héroïque ?

ATHANASIUS, à part.

Que lui dire, ô mon Dieu !

FRÉDÉRICH.

Je suis sûr que vous-même vous êtes impatient de parler... que ce secret vous pèse.

ATHANASIUS.

Oh ! oui, il me pèse horriblement !

FRÉDÉRICH.

Eh bien ! parlez donc alors...

ATHANASIUS.

Certainement, certainement je parlerai... Mais comment, mon cher Frédérich, vous ne me demandez pas même de nouvelles de l'enfant que j'ai ici, près de moi !

FRÉDÉRICH.

Tiens, c'est vrai... au fait ; Edgard, comme nous l'avons baptisé... Voyons, où en êtes-vous de son éducation ?

ATHANASIUS.

Son éducation !...

FRÉDÉRICH.

Oh ! je pense bien qu'il n'en est pas encore à sa rhétorique et à sa philosophie... mais, enfin, y a-t-il un commencement ?

ATHANASIUS.

Vous savez que pendant le trajet des ruines du château à Nuremberg, il avait de la peine à supporter la lumière du jour ?

FRÉDÉRICH.

Oui, je me souviens que nous l'avons amené les yeux bandés.

ATHANASIUS.

Il s'est habitué difficilement à cet éclat inaccoutumé... Le pauvre enfant ! quand aux premiers rayons de l'aurore j'ai commencé à entr'ouvrir la fenêtre de sa chambre... comme il souffrait !... il semblait demander grace au soleil !

FRÉDÉRICH.

Et, par degrés, êtes-vous parvenu à calmer cette souffrance ?

ATHANASIUS.

Le sens de la vue lui est rendu ; ça été pour lui un bien inconnu... une jouissance que je ne pourrais exprimer... Ah ! vous ne sauriez croire quel a été son ravissement, quand, par une belle nuit, il a contemplé, pour la première fois, le ciel parsemé d'étoiles.

FRÉDÉRICH.

Et avez-vous pu le décider à quitter les misérables haillons dont on l'avait couvert?

ATHANASIUS.

J'ai d'abord essayé de soigner sa chevelure... mais il paraît que je lui ai fait mal, car il a crié, et il m'a battu...

FRÉDÉRICH.

Il vous a battu?...

ATHANASIUS.

Il m'a battu!...

FRÉDÉRICH.

Pauvre Athanasius!...

ATHANASIUS.

Il en a été de même, quand j'ai voulu lui apprendre quelques mots.

FRÉDÉRICH.

Il vous a encore battu?

ATHANASIUS.

Il m'a encore battu... mais c'est égal, je ne me suis pas découragé.

FRÉDÉRICH, à lui-même.

Brave et digne homme!...

ATHANASIUS.

Ne lui voyant encore que de l'instinct, comme aux animaux, j'ai eu recours aux moyens d'imitation.

FRÉDÉRICH.

Oh! continuez, vous m'intéressez vivement.

ATHANASIUS.

J'ai placé près de lui un jeune garçon... et lorsqu'en présence de mon élève ce garçon prononçait distinctement: « j'ai faim », j'apportais à manger; « j'ai soif », je donnais à boire...; « sommeil... dormir... », je le conduisais à son lit... Par imitation, mon élève a fait les mêmes choses, et a prononcé les mêmes mots.

FRÉDÉRICH.

Il parle?....

ATHANASIUS.

A peine... mais avant peu, j'en suis sûr, je lui rendrai la parole.

FRÉDÉRICH.

Cher et noble ami, que je vous presse sur mon cœur!

ATHANASIUS.

Le jeune garçon s'habillait, soignait ses cheveux... l'enfant a fait de même, et j'ai cru remarquer en lui un instinct de coquetterie: il aime les choses brillantes, les bijoux, les couleurs éclatantes... enfin, chaque jour j'avance d'un pas; aujourd'hui, je compte faire de nouvelles expériences sur des objets qui lui sont encore inconnus.

FRÉDÉRICH.

Oh! je veux le voir... je veux m'assurer s'il me reconnaîtra.

(On frappe.)

ATHANASIUS.

Vous n'attendrez pas long-temps, car le voilà qui frappe à sa porte.

(On frappe.)

FRÉDÉRICH.

Ouvrez-lui.

ATHANASIUS.

Non... c'est encore là une leçon... pour que j'ouvre cette porte, il faut qu'il prononce le mot: *ami*, comme s'il m'appelait!...

(L'Idiot frappe.)

FRÉDÉRICH.

Mais il s'impatiente.

ATHANASIUS.

Je l'entends bien... laissez-le s'impatienter. Tenez, il se tait... il cherche son mot...

L'IDIOT, en dehors

Ami!...

ATHANASIUS.

Vous voyez bien. Couvrons d'abord cette glace que j'ai fait placer là ce matin: cachez aussi le feu.

(Frédérich met un écran devant. — Athanasius va vivement ouvrir la porte à l'Idiot.)

SCÈNE III.

LES MÊMES; L'IDIOT; il est plus proprement mis, et ses cheveux assez bien arrangés. En entrant, il va presser les mains d'Athanasius; puis, apercevant Frédérich, il recule.

FRÉDÉRICH.

Est-ce que je lui fais peur?

ATHANASIUS.

Non, non: tenez, voilà qu'il vous reconnaît.

(L'Idiot exprime effectivement qu'un souvenir lui revient de sa prison: L'orchestre joue le commencement de l'air: *Quand de la nuit l'épais nuage* de L'ÉCLAIR, puis il reconnaît tout-à-fait Frédérich, s'approche de lui, le caresse, et prononce de nouveau le mot: « Ami, ami!... »

FRÉDÉRICH.

Vous me disiez qu'il était méchant... mais il est d'une bonté...

ATHANASIUS.

Pas toujours, pas toujours...

(L'Idiot regarde l'habit de Frédérich, et le compare au sien qu'il ne trouve pas si beau. Athanasius lui donne un habit qu'il a préparé sur un fauteuil. Il exprime le desir d'avoir la chaine d'or que porte Frédérich; celui-ci la lui donne; il la passe à son cou et saute de joie... Ensuite, il regarde les cheveux de Frédérich, et tâte les siens, exprimant que ceux de Frédérich lui semblent mieux arrangés... il se retourne de tous côtés, et voudrait se voir... alors Athanasius découvre le miroir, et l'appelle «Edgard!...» Étonné de l'image qu'il a devant les yeux, l'Idiot regarde derrière le miroir: ne trouvant rien, il s'étonne, se dépite; il va frapper; l'image menace aussi de frapper... il recule... Athanasius, par signes, lui explique que c'est lui-même... joyeux et transporté, l'Idiot s'assied près du miroir, puis calquant sa toilette sur Frédérich, il arrange ses habits et les boucles de sa chevelure.)

ATHANASIUS.

Le feu lui est encore inconnu; voyons l'effet qu'il produira sur lui. — Edgard!

(Il lève l'écran qui dérobait la vue du feu. L'Idiot est émerveillé : il semble demander si c'est un nouveau soleil. Puis, sans défiance, il porte sa main sur le feu, se brûle, crie, et menace Athanasius.)

ATHANASIUS.

Voyez comme il est bon !...

(En disant ces mots, Athanasius a versé quelques gouttes d'opiat dans un vase plein d'eau ; il prend la main de l'Idiot, la trempe dans ce spécifique, et l'Idiot soulagé exprime sa joie... cependant, comme craignant encore ce feu qui l'a brûlé, il va remettre l'écran devant la cheminée.)

L'IDIOT, après un effort.

Soif !...

ATHANASIUS.

Tiens, tiens, mon enfant...

(Il lui présente de l'eau, l'Idiot la repousse.)

FRÉDÉRICH.

Que veut-il donc... du vin de Champagne ?

L'IDIOT, avec effort.

Soif... sommeil...

ATHANASIUS.

L'infortuné ! je le comprends... (Il prend une petite fiole, qui est censée contenir de l'opium, et en verse dans la tasse qu'il lui donne à boire.) Chaque jour je cherche à en diminuer la dose... Tiens, tiens, pauvre victime !

(L'Idiot avale l'opium : il est content, va de nouveau se regarder dans la glace où il s'admire... puis ses yeux s'affaissent, et, d'une voix éteinte, il dit à Frédérich « Ami... » ; enfin il s'appuie sur l'épaule d'Athanasius, et répète en sortant : « Dormir, dormir. »)

ATHANASIUS.

Je suis à vous dans un instant.

(Il sort.)

SCÈNE IV.

FRÉDÉRICH, seul.

Ce cher Athanasius !... quel dévouement à l'humanité !... que de peines !... que de sacrifices ! quelle tâche il s'est imposée là !... je m'en souviens ; quand j'étais son élève, il me répétait souvent ces paroles mémorables ; « Ma foi, « mon noble disciple, je ne crois pas qu'il existe « d'enfant plus difficile à élever que vous...... » Pauvre professeur !... il ne se doutait pas de ce qui devait lui arriver un jour... oh ! mais il réussira, j'en suis certain, et moi je serai de moitié dans tout cela, car le terme est expiré, et je vais enfin connaître ce grand secret... (On sonne à la porte : il va ouvrir.) Une dame ! chez mon rigide professeur !...

SCÈNE V.

FRÉDÉRICH, WILHELMINE.

WILHELMINE.

Pardon, monsieur, je me trompe sans doute : ce n'est pas ici la demeure du docteur Athanasius ?

FRÉDÉRICH.

C'est ici sa demeure, madame ; et si vous daignez attendre quelques instants...

(Il lui offre un fauteuil.)

WILHELMINE.

Oh ! oui, monsieur, j'attendrai.

FRÉDÉRICH, à part.

Elle est encore fort bien, cette dame... des manières distinguées... est-ce que cela se rattacherait au mystère de l'enfant ? (Haut.) Madame n'habite pas Nuremberg ?

WILHELMINE.

Non, monsieur !...

FRÉDÉRICH.

Madame est peut-être étrangère ?...

WILHELMINE.

Il y a long-temps que j'ai quitté l'Allemagne !

FRÉDÉRICH.

Et... sans doute, maître Athanasius est votre parent ?

WILHELMINE.

Je ne le connais pas... je ne l'ai jamais vu.

FRÉDÉRICH.

Ah ! (A part.) Elle est fort laconique, cette dame.

WILHELMINE.

Puis-je espérer qu'il rentrera bientôt ?...

FRÉDÉRICH.

Mais il n'est pas sorti... dans ce moment, il donne des leçons à un élève nouveau... un élève qui m'a remplacé... car, tel que vous me voyez, madame, j'ai été l'élève le plus distingué de maître Athanasius, du moins à ce que dit ma mère, la duchesse d'Heilberg.

WILHELMINE, à part.

La duchesse d'Heilberg !...

FRÉDÉRICH.

Est-ce que mon nom vous est connu, madame ?

WILHELMINE, à part.

Elle a conservé son fils, elle !...

FRÉDÉRICH.

Mais pardon, madame, je m'aperçois trop tard que je suis indiscret, et que je trouble vos pensées... (à lui-même.) et puis, il faut que j'aille faire mes préparatifs de départ, car, dans une heure, je dois aller au devant d'Amélie de Rinsfeld, ma fiancée, pour la conduire au palais de ma mère à Munich. (A Wilhelmine.) Je vais prévenir maître Athanasius... mais c'est inutile, le voici qui revient.

SCÈNE VI.

LES MÊMES, ATHANASIUS.

ATHANASIUS.

Quelqu'un avec Frédérich !... (Wilhelmine se lève et salue.) Pardonnez-moi, si j'ose vous demander... mais j'ai si peu l'habitude de recevoir des dames.

WILHELMINE; elle lui donne un papier.

Cette lettre que vous m'avez écrite, monsieur, vous dira le sujet de ma visite.

ATHANASIUS, à part, après avoir regardé la lettre.

La mère de ce pauvre enfant!...

FRÉDÉRICH, à part.

Comme il se trouble! .. qu'est-ce que tout cela veut dire?

ATHANASIUS.

J'ai besoin, madame, de vous adresser bien des questions.

WILHELMINE.

Oh! oui, monsieur, je le pense : mais je crois aussique, pour y répondre, il faudra que nous soyons sans témoins...

FRÉDÉRICH.

C'est trop juste... certainement... Madame... je vous comprends parfaitement... et je me retire... (A Athanasius.) C'est égal, maître, vous me devez toujours mon secret, et je ne vous en tiens pas quitte.

ATHANASIUS.

Allez! allez, mon cher Frédérich! et soyez assez bon pour donner l'ordre à Arnold de dire que je n'y suis pour personne.

FRÉDÉRICH.

Ah çà! mais c'est donc un mystère... comme l'autre...

ATHANASIUS.

Merci, merci, Frédérich.

(Il le pousse doucement dehors et referme la porte sur lui avec soin.)

SCENE VII.

ATHANASIUS, WILHELMINE.

ATHANASIUS.

Maintenant, madame, veuillez vous asseoir, et me prêter toute votre attention.

WILHELMINE.

Votre lettre m'appelait auprès de vous, monsieur, au nom du duc d'Heilberg, mort assassiné, au nom de son enfant, mort aussi sans doute... et je suis accourue à votre voix, malgré le danger qui menace ma tête.

ATHANASIUS.

Je n'en doute pas, madame; mais l'aveu que j'ai à vous faire est tellement grave qu'il doit m'être permis de vous interroger pour m'assurer si réellement j'ai retrouvé la mère de cet enfant que la providence...

WILHELMINE.

Il vivrait! Dieu l'aurait conservé!... ah! répondez, monsieur... par pitié pour tant de souffrances, dites-moi si cet enfant existe.

ATHANASIUS.

Vous le saurez, madame, si vos réponses à mes questions me font un devoir de vous le dire.

WILHELMINE.

Oh! parlez! parlez alors, je suis prête à répondre.

ATHANASIUS.

Dans les papiers qui m'ont été confiés, est toute l'histoire de votre famille : je l'ai lue, ma mémoire l'a retenue tout entière..... parlez! votre récit me dira si vous êtes l'infortunée dont je suis appelé à calmer les douleurs.

WILHELMINE.

Pardon, monsieur... mes malheurs.... j'ai tant souffert!... ma pauvre tête est si faible!... Oh! mais, n'importe, tout est présent là... prenez ces papiers, monsieur..... fixez-y vos regards... suivez mon récit, et vous jugerez.

ATHANASIUS.

Je vous écoute avec la plus religieuse attention.

WILHELMINE.

La famille des ducs d'Heilberg est une des plus nobles de toute l'Allemagne... Il y a vingt ans, environ, deux héritiers de ce nom illustre existaient à Munich..... l'un était duc et feld-maréchal... l'autre, comte et simple colonel.

ATHANASIUS, lisant sur le papier.

Le duc aimait une jeune fille de simple noblesse.

WILHELMINE.

Cette jeune fille s'appelait Wilhelmine Haller, fille d'un des glorieux compagnons de Frédéric-le-Grand.

ATHANASIUS.

C'est cela!... c'est cela!...

WILHELMINE.

Le duc d'Heilberg l'épousa, et dédaigna pour elle l'alliance de l'orgueilleuse Valentine de Rosenthal.

ATHANASIUS.

Et cette Valentine devint plus tard la femme....

WILHELMINE.

Du plus jeune des frères d'Heilberg... mais elle ne put pardonner à la pauvre Wilhelmine l'amour du duc, et le titre que cette union enlevait à son mari.

ATHANASIUS.

Un jour, le duc fut trouvé assassiné, et par un odieux concours de circonstances, on accusa de cette mort...

WILHELMINE.

On osa accuser Wilhelmine.... et, flétrie, condamnée à perdre la tête, elle alla cacher sa misère en France, après avoir vu son noble époux massacré sous ses yeux, et son enfant arraché de ses bras pour mourir aussi sans doute!

ATHANASIUS.

Non, non, madame... non, malheureuse mère!... votre enfant n'est pas mort!

WILHELMINE.

Il existe!... (Tombant à genoux.) O mon Dieu! je ne pense plus à tous mes maux.

ATHANASIUS.

Relevez-vous, duchesse d'Heilberg... je suis appellé par le ciel à vous rendre tous vos titres et les embrassements de votre fils.

WILHELMINE.

Mon fils! mon fils! que je le voie!... que je le presse sur mon cœur! Oh! je leur abandonne tout le reste pour un baiser de mon enfant!

ATHANASIUS.

Silence! silence! je vous en prie.... Vous ne savez pas tous les devoirs que j'ai à remplir.

WILHELMINE.

Et le premier de tous n'est-il pas de rendre un fils à sa mère?

ATHANASIUS.

Madame, mais pensez donc au jugement affreux qui leur livre votre tête.

WILHELMINE.

Eh bien! qu'ils me le laissent embrasser, et qu'ils me tuent après s'ils le veulent.

ATHANASIUS.

Madame la duchesse, vous ne pouvez douter de mon zèle àvous servir... mais écoutez-moi bien... Si tout cela cesse d'être un mystère, si vous n'avez pas le courage de garder quelque temps encore le silence, jamais peut-être vous ne reverrez votre fils.

WILHELMINE.

Oh! alors, je me tairai!... J'attendrai, monsieur, j'attendrai tant que vous voudrez... Mais, dites-moi, vous ne me trompez pas...il existe... vous l'avez vu?

ATHANASIUS.

Je l'ai vu.

WILHELMINE.

Oh! que vous êtes heureux! Mais tenez, s'il vous reste encore quelques doutes... à quatre ans, quand il fut enlevé, il avait déja tous les traits de son père...Eh bien! le voilà, le portrait de son malheureux père... Dites, n'est-ce pas là aussi le portrait de mon enfant?

ATHANASIUS.

C'est lui! oui, madame, c'est lui! Ah! si j'osais vous demander de me confier ce portrait?

WILHELMINE.

Oh! non, monsieur, c'est mon seul bien, mon seul trésor!

ATHANASIUS.

Et votre enfant?... C'est pour lui!

WILHELMINE.

Pour lui! Oh! prenez! prenez alors.

ATHANASIUS.

J'entends du bruit... Oh! il ne faut pas qu'on vous voie, qu'on soupçonne votre présence chez moi... Retirez-vous par ce petit escalier... et revenez bientôt... et souvent...

WILHELMINE.

Oh! oui, je reviendrai.

ATHANASIUS.

Le bruit redouble... fuyez.

WILHELMINE.

Oui, je pars... mais je vous en supplie... embrassez-le pour sa mère.

(Elle sort vivement.)

SCÈNE VIII.

ATHANASIUS, ARNOLD.

ATHANASIUS.

Mais quel peut être ce bruit?

ARNOLD.

Maître! nous sommes perdus!

ATHANASIUS.

Qu'y a-t-il donc?

ARNOLD.

Depuis quelques jours, je remarquais des groupes d'habitants qui s'arrêtaient devant votre maison...

ATHANASIUS.

Soupçonnerait-on quelque chose?

ARNOLD.

On parlait.... d'un enfant.... retenu.... séquestré...

ATHANASIUS.

Par moi?

ARNOLD.

Par vous. Aujourd'hui, les menaces ont succédé aux paroles, et, tout-à-l'heure, un rassemblement nombreux voulait pénétrer de force dans votre demeure, demandant l'enfant à grands cris.

ATHANASIUS.

Arnold!... mon fidèle serviteur, descends... tâche de leur faire entendre la raison... va.

ARNOLD.

Oui, maître, j'y cours.

SCÈNE IX.

ATHANASIUS, seul.

S'ils pénètrent ici, s'ils s'emparent de l'enfant, il faudra tout dire devant les magistrats, et alors le bonheur de Frédérich est à jamais perdu... Eh bien! fuyons, cherchons une autre retraite... (Bruit très fort au dehors.) Ils veulent briser les portes.

SCÈNE X.

ATHANASIUS, L'IDIOT.

(L'Idiot accourt effrayé, et semble demander à Athanasius de le protéger. Athanasius lui fait signe qu'il faut fuir. — Grands cris au dehors. — L'Idiot exprime qu'il a peur et qu'il ne veut pas sortir.)

ATHANASIUS.

La peur le retient!... il ne veut pas me suivre!... Que faire, mon Dieu? (Le bruit et les cris ont cessé un moment; l'Idiot qui s'était caché sous une table, revient près d'Athanasius.) Ah! si l'effet si frappant de ces traits pouvait le déterminer.... — Edgard!

(Il lui montre le portrait; l'Idiot paraît ébahi; dans la glace, il se compare avec lui comme ressemblance, et le rendant à Athanasius, il semble lui dire: « Regardez! » Il veut le reprendre, mais Athanasius le garde malgré ses supplications; s'il veut l'obtenir, il faudra le suivre. — Le bruit et les cris redoublent. — L'Idiot flottant entre la peur et le desir de posséder le portrait par la vue duquel ses yeux sont, pour ainsi dire, fascinés, suit machinalement Athanasius jusqu'à la petite porte secrète.)

SCÈNE XI.

LES MÊMES; ARNOLD, rentrant.

ARNOLD.

Ils brisent les vitres, ils vont enfoncer les portes... Fuyons, fuyons.

(Athanasius et Arnold entraînent l'Idiot; la petite porte se referme sur eux: on entend au dehors le bruit des vitres qui se brisent.)

DEUXIÈME TABLEAU.

Un salon du palais de la duchesse à Munich; riche décoration; trois portes au fond, ouvrant sur un autre salon brillamment illuminé; de droite et de gauche, des appartements.

SCÈNE I.

LA DUCHESSE, seule. Elle est assise.

Mort!... Tony m'attendait depuis un mois pour m'annoncer cette nouvelle: arrivée d'hier de la cour du margrave de Rinsfeld où j'étais allée passer quelque temps auprès de sa fille, la fiancée de mon Frédérich, j'ai appris cet important événement qui me délivre de toutes mes craintes!... Frédérich! l'idole de ma vie, le seul enfant que m'ait accordé le ciel... il jouira donc désormais du sort brillant qui l'attend, il accomplira ses hautes destinées sans que j'aie à trembler pour lui!... (Montrant une lettre qu'elle tient.) Il m'annonce par cette lettre, qu'aujourd'hui il partira de Nuremberg pour aller à Rinsfeld, au-devant de sa fiancée. Mais il me semble... (elle regarde la pendule.) qu'il devrait déja être ici!... (Après une pause et se levant.) Ce Tony est fidèle et dévoué: il m'a servi comme son père... il a agi avec résolution!... Je le récompenserai bien... (Écoutant.) Une voiture!.... ce sont eux sans doute... (Elle va au fond.) Oui, la tante d'Amélie les accompagne... Ils montent le grand escalier.

SCÈNE II.

LA DUCHESSE, FRÉDÉRICH, AMÉLIE, LA MARGRAVE DE RINSFELD.

FRÉDÉRICH.

Ma mère!

LA DUCHESSE.

Mon Frédérich!... (A Amélie et à la margrave.) Pardonnez, Amélie... et vous, madame... mais les premières caresses d'une mère sont pour son fils!

AMÉLIE, gaîment.

Oh! je ne suis pas jalouse.

FRÉDÉRICH.

Mon impatience m'a fourni l'occasion de causer plus long-temps avec mon aimable fiancée!... Oh! ma mère! vous ne pouviez pas mieux choisir pour moi.

LA DUCHESSE, lui tendant la main.

N'est-ce pas?

FRÉDÉRICH.

Aussi, ma vie tout entière sera employée à son bonheur. (A Amélie.) Oui, mon Amélie, je vous entourerai de soins complaisants et assidus... je préviendrai vos moindres desirs... enfin, l'époux ne vous fera pas regretter l'amant.

LA DUCHESSE, à Amélie.

Et si vous trouvez qu'il a besoin de quelqu'un qui soit le garant de ces douces paroles, c'est moi qui m'offre à être le sien.

AMÉLIE, tendrement.

Je connais son cœur, madame la duchesse, et j'ai foi en lui.

FRÉDÉRICH.

Chère Amélie!

LA DUCHESSE.

Allons, l'heure de notre fête avance: nos invités ne tarderont pas... (Souriant.) Amélie brûle de courir à sa toilette!... (A Amélie et à la margrave.) Voici votre appartement!...

(Frédérich présente la main à la margrave qui entre dans l'appartement avec Amélie. Il reste devant la porte à les regarder.)

SCÈNE III.

FRÉDÉRICH, LA DUCHESSE.

FRÉDÉRICH, devant la porte.

Qu'elle est jolie!

LA DUCHESSE, avec malice.

Eh bien! Frédérich, est-ce que vous l'apercevez encore au travers de cette porte, que vous restez là, immobile comme un statue?

FRÉDÉRICH.

C'est que je songe à la félicité que cette union m'assure, ma mère.

LA DUCHESSE, avec douceur.

En effet, vous y songez tant que vous m'oubliez presque, moi.

FRÉDÉRICH, revenant vivement à elle.

Oh! vous ne le croyez pas!...

LA DUCHESSE.

Non... et pourtant, j'ai à me plaindre de vous, Frédérich... oh! rassurez-vous, ce n'est pas un reproche grave que je vous adresse... seulement, vous ne vous êtes pas souvenu de ce que vous m'avez promis quand votre compagnie est allée en garnison à Nuremberg.

FRÉDÉRICH.

Je vous ai promis de vous tenir au courant de mes actions, de vous informer même de mes absences, afin que vous ne fussiez pas inquiète.

LA DUCHESSE.

C'est cela... Et vous êtes allé à mon château d'Heilberg, sans m'en avertir.

FRÉDÉRICH, affectueusement.

C'est juste, j'ai eu tort. Il ne faut pas trop me gronder cependant... j'avais engagé ma parole que je ne parlerais à personne de ce voyage.

LA DUCHESSE.

Ah! c'était sérieux, à ce qu'il parait.

FRÉDÉRICH.

Grace à Dieu, je suis libre à présent, et j'en suis ravi, car ce silence que j'étais obligé de garder, me pesait, et je m'étais juré qu'en venant à Munich, je vous révèlerais le secret dont le hasard m'a rendu dépositaire... d'abord, pour vous prouver que vous n'avez pas perdu la confiance de Frédérich; ensuite, pour vous demander un bon conseil.

LA DUCHESSE.

Un secret?

FRÉDÉRICH.

Oui, ma mère, un secret affreux.... un crime que cachaient les souterrains du château d'Heilberg.

LA DUCHESSE, à part.

Que dit-il?

FRÉDÉRICH.

Écoutez: Un enfant...

LA DUCHESSE, de même.

Un enfant!...

FRÉDÉRICH.

Vingt ans à-peu-près... gémissait dans ces souterrains... Oh! c'était horrible, ma mère!... si vous l'aviez vu, ce malheureux, pâle, décharné, presque nu, ayant plutôt l'existence de la brute que celle de l'homme!... Les infâmes qui l'ont ainsi torturé n'ont épargné aucune précaution pour qu'il ne pût les trahir!... Il ne parlait pas.... quelques sons à peine articulés s'échappaient de sa poitrine... Il faut que son isolement ait été bien complet, car il ignorait tout... il s'étonnait ou s'effrayait de tout... Oh! si ceux qui l'ont traité avec tant de barbarie avaient été témoins de ce spectacle horrible, ils n'auraient pu lui refuser de la pitié; il leur aurait arraché des larmes!...

LA DUCHESSE.

Et qu'en avez-vous fait?

FRÉDÉRICH.

Je l'ai sauvé, ma mère!...

LA DUCHESSE, à part.

Sauvé!...

FRÉDÉRICH.

Et il était temps!... On n'avait pas osé l'assassiner; mais on avait trouvé un moyen sûr de se débarrasser de lui : la faim!... Au moment où nous l'avons délivré, on murait l'unique fenêtre par où l'air venait jusqu'à lui!...

LA DUCHESSE, anéantie et à part.

Sauvé!...

FRÉDÉRICH.

Nous avons entendu le bruit du marteau résonner à cette fenêtre. Indigné, j'allais sortir du souterrain et m'emparer du misérable qui s'était chargé de cette épouvantable tâche: Athanasius m'a retenu; il m'a supplié, les mains jointes, d'abandonner cette pensée... Pourquoi?... Nous avons caché les torches qui nous éclairaient, et nous sommes partis, décidés à dévoiler ce mystère à la justice des magistrats. Athanasius encore nous a conjurés d'attendre... Attendre! quand il y a un forfait à punir!... Oh! j'ai eu tort de céder!... L'enfant a été conduit par nous à Nuremberg, enfermé dans la chambre d'Athanasius, et caché à tous les yeux. Oh! ma mère!... ma mère!... n'est-ce pas que j'ai eu tort?... n'est-ce pas que je me suis presque associé à cette mauvaise action, en ne la dénonçant pas aux tribunaux?...

LA DUCHESSE, à part.

Oh! remettons-nous! (Haut.) Frédérich, vous avez fait votre devoir!.... Reposez-vous sur moi.... la cour aulique sera saisie de cette affaire, à moins cependant que les motifs que pouvait avoir votre professeur pour vous engager à vous taire ne me paraissent convaincants... Je l'interrogerai quand il sera ici... laissez-moi diriger cela.

FRÉDÉRICH.

Oh! vous rendez le calme à ma conscience!

LA DUCHESSE.

Mais nous devons déja avoir du monde dans les salons... Allez, Frédérich, allez; vous me remplacerez quelques instants pour recevoir.

(Frédérich lui baise la main et sort.)

SCÈNE IV.

LA DUCHESSE ; puis TONY, qui, pendant la scène précédente, a entr'ouvert une fois la porte de droite.

TONY.

Ah ! vous êtes seule... Je viens vous avertir...

LA DUCHESSE.

Je sais tout !

TONY.

Vous savez que l'enfant...

LA DUCHESSE.

Est libre... oui !...

(Elle tombe dans un fauteuil.)

TONY.

Mais ce que vous ne savez pas, madame, c'est qu'un courrier de Nuremberg a apporté cette nouvelle à Munich ; c'est qu'on en parle, que l'attention publique est éveillée, et qu'il faut que vous songiez à parer le coup qui vous menace...

LA DUCHESSE.

J'y songe aussi !...

TONY.

Madame la duchesse est convaincue qu'elle peut compter sur Tony.

LA DUCHESSE, se levant vivement.

Ah ! ce n'est que sur moi que je compte ! Tony ne m'a-t-il pas dit que l'enfant était mort, et Tony ne m'a-t-il pas trompée ? (Mouvement de Tony ; la duchesse va à lui.) Ah ! je suis injuste ! c'est qu'il semble que la fatalité s'acharne à me poursuivre maintenant ! c'est que mes plans sont renversés, mes projets détruits ! (Relevant la tête.) Non ! non ! je ne perdrai pas en un moment le fruit de seize années de luttes et de combats continuels. (Allant à Tony.) Allons, Tony, reprenons avec audace l'œuvre que nous avions commencée !... On vient... retire-toi !... (Tony sort.) Du calme sur ma figure !... (Se regardant dans une psyché.) C'est cela !

SCÈNE V.

LA DUCHESSE, AMÉLIE, LA MARGRAVE.

AMÉLIE.

Je suis prête. Comment me trouvez-vous ?

LA DUCHESSE.

Charmante !

(Plusieurs personnes entrent par le fond, et viennent saluer la duchesse.)

SCÈNE VI.

LES MÊMES, OSCAR, RANTZAU ; OFFICIERS DU RÉGIMENT DE FRÉDÉRICH.

OSCAR.

Mesdames, daignez accepter nos hommages.

(D'autres personnes entrent et saluent la duchesse.)

LA DUCHESSE.

Je vous présente la princesse Amélie de Rinsfeld, la fiancée de mon Frédérich.

(Tous s'inclinent.)

RANTZAU, bas à Oscar.

Elle est bien !

LA DUCHESSE, aux officiers.

C'est en l'honneur de la majorité de mon fils que je donne cette fête, messieurs.

(Elle va causer dans un groupe.)

RANTZAU, à Oscar.

A propos, Oscar, sais-tu bien que cet enfant mystérieux occupe tout Munich depuis quelques heures ? ce qu'on raconte est-il vrai ?

OSCAR.

Très vrai, messieurs.

(La foule se rapproche.)

LA DUCHESSE.

Ah ! oui, cet enfant qu'on a trouvé dans un souterrain du château d'Heilberg !

RANTZAU.

Et que le cher Athanasius s'est chargé d'instruire. Ce bruit est venu aussi jusqu'à vous, madame la duchesse ?

LA DUCHESSE.

Frédérich me l'a appris lui-même : c'est une action généreuse qu'il a faite là !

(Une grande rumeur se fait au fond, où le nombre des invités s'est grossi.)

SCÈNE VII.

LES MÊMES, ATHANASIUS, FRÉDÉRICH, L'ENFANT.

FRÉDÉRICH, au fond, entraînant l'enfant.

Ma mère ! ma mère ! le voilà !

(Tout le monde se presse autour de l'Idiot, qui est d'abord étonné, confus, et qui n'ose pas regarder ; peu-à-peu il lève les yeux et paraît content. Il quitte vivement la main de Frédérich, et va examiner chaque chose qu'il n'a pas encore vue. La première femme sur qui son regard s'arrête, c'est Amélie ; il reste devant elle immobile et comme en extase ; il manifeste par des signes le plaisir que lui fait sa présence : puis, comme il aperçoit d'autres femmes, il va aussi les regarder ; mais il revient bientôt se placer devant Amélie, faisant comprendre que c'est celle-là qu'il préfère.)

OSCAR.

Eh ! mais, il n'a pas mauvais goût.

ATHANASIUS.

C'est la première fois qu'il voit une femme : je l'ai amené de Nuremberg dans une voiture parfaitement close.

(L'Idiot est rêveur ; on voit qu'il cherche dans sa pensée ce que peut être l'objet qu'il voit. Tout-à-coup il va vivement vers son précepteur, et lui montrant Amélie, lui fait entendre qu'il désire savoir ce que c'est.)

AMÉLIE.

Est-ce que vous comprenez ce qu'il veut vous dire ?

ATHANASIUS.

Oh! oui. (A l'Idiot.) Femme!

(L'Idiot fait un geste qui signifie : « C'est bien! » Puis il montre de nouveau Amélie, met la main sur son cœur, et cherche à exprimer à Athanasius le sentiment nouveau qu'il éprouve pour elle.)

AMÉLIE.

Qu'est-ce qu'il demande encore?

ATHANASIUS.

Un mot qui rende le sentiment qu'il éprouve en ce moment... et je ne sais si je dois...

(L'Idiot s'impatiente et tire Athanasius par le bras, puis il cherche des mots, et prononce : « dire... exprimer... dire... dire... »

FRÉDÉRICH.

Il s'impatiente!...

ATHANASIUS, embarrassé.

C'est que... c'est une chose... je n'ose pas...

(L'Idiot s'impatiente de plus en plus.)

FRÉDÉRICH.

Prenez garde, Athanasius, il va vous battre.

AMÉLIE.

Est-ce qu'il vous bat?

ATHANASIUS.

Quelquefois. (Ici l'impatience de l'Idiot est si grande, qu'il frappe du pied et secoue rudement Athanasius.) Allons, allons, restez tranquille! (Il le calme, et, comme honteux de lui-même, il l'attire dans un coin où l'Idiot le suit sur le signe qu'il lui fait, et lui dit :) Aimer!

(Satisfaction de l'Idiot. Il court à Amélie et lui dit ces deux mots : « Femme! Aimer!... » Rire général. L'Idiot est triste de ce rire, et se réfugie auprès d'Athanasius.)

OSCAR.

C'est fort étrange. Il paraît, mon cher Frédérich, que ta fiancée lui plaît beaucoup... et tu ne supposais pas trouver en lui un rival?... Attendez! j'ai une idée folle qui me passe par la tête. (A Amélie.) Ma sœur, permettez que je vous embrasse.

(Il embrasse Amélie. L'Idiot veut se précipiter vers elle, en indiquant qu'il veut en faire autant. Athanasius a toutes les peines du monde à le retenir. Les éclats de rire redoublent.)

ATHANASIUS, bas à Frédérich.

Monsieur, faites, de grace, qu'on laisse un peu ce pauvre enfant en repos : j'ai des nouvelles fort graves à vous communiquer; c'est le seul motif qui m'a conduit ici.

FRÉDÉRICH, bas.

Vous avez raison.

SCÈNE VIII.

LES MÊMES, UN DOMESTIQUE.

LE DOMESTIQUE, à la duchesse.

Madame, le palais est entouré; des soldats gardent les portes; un conseiller de la cour aulique a demandé à être introduit près de vous.

SCÈNE IX.

LES MÊMES, LE CONSEILLER.

(Peu après son entrée, d'autres personnes, dont le nombre augmente à chaque instant, viennent circuler et se grouper au fond.)

FRÉDÉRICH.

Ma mère! monsieur le conseiller de Murdoff!

LE CONSEILLER.

Pardon, madame la duchesse, de venir troubler cette fête.

LA DUCHESSE.

En effet, monsieur, vous auriez pu mieux choisir le moment.

LE CONSEILLER.

J'obéis à un ordre de Sa Majesté, madame.

LA DUCHESSE.

Alors, parlez! de quoi s'agit-il?

LE CONSEILLER.

Vous avez appris déja, sans doute, le crime commis dans votre château?

LA DUCHESSE.

Oui, monsieur. Mais était-il nécessaire pour cela de venir jeter l'effroi dans un bal au palais des ducs d'Heilberg?

LE CONSEILLER.

Il fallait venir au palais des ducs d'Heilberg pour trouver les coupables, ou, du moins, ceux sur qui se portent des soupçons.

LA DUCHESSE, à part.

Que dit-il?

ATHANASIUS.

O mon Dieu! protége-nous!

LE CONSEILLER.

Le professeur Athanasius est-il ici?

FRÉDÉRICH.

Est-ce lui qu'on accuse, monsieur?

LE CONSEILLER.

Non, monsieur le duc; mais c'est lui qui s'est chargé d'élever le jeune enfant que vous avez délivré d'une captivité éternelle. Menacé par le peuple, il a pris la fuite, emmenant l'enfant avec lui.

ATHANASIUS.

C'est moi qui suis Athanasius, monsieur le conseiller.

LE CONSEILLER.

Et l'infortuné confié à votre garde?

ATHANASIUS.

Le voici.

LE CONSEILLER.

Madame la duchesse, n'avez-vous pas, parmi vos domestiques, un individu nommé Tony Hauser.

LA DUCHESSE.

Oui, monsieur.

LE CONSEILLER.

Je desirerais le voir.

(Sur un signe de la duchesse un domestique sort.)

LA DUCHESSE.

En vérité, monsieur, c'est une procédure en règle que vous commencez là.

LE CONSEILLER.

Croyez que j'en suis désespéré, madame la duchesse. Une autre question, je vous prie. Ce Tony était, auparavant, employé par vous à votre château d'Heilberg, près de Nuremberg. Job, son père, et lui l'habitaient depuis seize ans?

LA DUCHESSE.

Oui, monsieur.

FRÉDÉRICH.

Oh! ma mère, je devine pourquoi monsieur le conseiller vous interroge sur ce Tony! Sans aucun doute, ce misérable peut éclaircir le mystère affreux qui couvre la vie de ce pauvre enfant; je me souviens que, quand je suis allé, il y a trois semaines, au château, j'ai été frappé de l'air de scélératesse empreint sur ses traits.

LE CONSEILLER.

Ajoutez, monsieur le duc, que la rumeur publique désigne en lui l'auteur, ou, du moins, le complice de l'abominable forfait que nous poursuivons.

(Pendant cette scène, l'Idiot qui s'est glissé derrière la foule, s'est approché, à petit bruit et sans être vu, d'Amélie qui est tournée vers les interlocuteurs; il s'est assis doucement par terre à ses pieds, comme un chien, et la regarde avec amour; elle l'a aperçu et recule en lui faisant comprendre qu'elle n'est pas contente de lui; il la supplie, les mains jointes, de rester, en lui faisant entendre qu'il ne bougera pas; elle sourit et revient près de lui; il est content et baise le bas de sa robe.)

SCÈNE X.

LES MÊMES, TONY.

TONY.

Madame la duchesse m'a demandé?

LE CONSEILLER, à l'officier de justice.

Arrêtez cet homme.

TONY.

M'arrêter! moi?...

LE CONSEILLER.

Saisissez-le!

TONY.

Quel crime ai-je donc commis, monsieur? (L'Idiot s'est levé, Tony l'aperçoit et recule.) Ah!

LE CONSEILLER.

Vous l'avez tous remarqué, messieurs, et je vous en prends à témoins, il a frémi à l'aspect de cet enfant.

FRÉDÉRICH, regardant la duchesse.

Comme ma mère est pâle! (Avec horreur.) Oh! c'est une horrible pensée qui vient de s'éveiller en moi.

TONY, bas à la duchesse, sans détourner la tête.

Soyez tranquille, ne m'abandonnez pas, madame, et je ne vous compromettrai point.

LE CONSEILLER.

Madame la duchesse, la mission que j'avais à remplir dans votre palais est terminée; il me reste à vous renouveler l'expression de mes regrets d'avoir, pour quelques instants, interrompu vos plaisirs. (A Tony.) Vous, suivez-moi, ainsi que cet enfant.

FRÉDÉRICH.

Lui aussi, monsieur?... O laissez-le nous... laissez-le moi... n'est-il pas en sûreté au palais des ducs d'Heilberg! J'ai juré de veiller sur lui comme sur mon frère; vous ne voudrez pas que je manque à mon serment! et puis nous l'aimons déja, monsieur... N'est-ce pas, ma mère, que vous joignez vos prières aux miennes pour qu'on ne nous enlève pas le pauvre enfant abandonné!...

LA DUCHESSE.

Oui, mon fils, oui... et monsieur le conseiller y consentira, je l'espère.

LE CONSEILLER.

Volontiers, madame la duchesse.

FRÉDÉRICH, bas à Athanasius.

Vous m'avez caché la vérité, Athanasius!

ATHANASIUS, de même.

Je vous dirai tout, Frédérich.

LE CONSEILLER sort, emmenant Tony.

Allons.

(Tableau.)

ACTE TROISIÈME.

Chez la duchesse d'Heilberg, à Munich.

SCÈNE I.

ATHANASIUS, LA DUCHESSE.

(Au lever du rideau, Athanasius est à genoux devant la duchesse.)

ATHANASIUS.

Madame la duchesse, je vous demande grace pour Frédérich, je vous demande grace pour vous.

LA DUCHESSE.

Pour moi?...

ATHANASIUS.

Je vous demande grace aussi pour cet enfant privé jusqu'à vingt ans de la lumière du jour, et que la providence a remis entre mes mains.

LA DUCHESSE.

Eh! que voulez-vous, Athanasius, que je fasse pour cet enfant?

ATHANASIUS.

Que vous lui rendiez le titre de duc d'Heilberg qui lui appartient, que vous rendiez à votre conscience la paix que doivent lui enlever de cruels souvenirs.

LA DUCHESSE.

Le titre de duc d'Heilberg!... la ruine de mon fils!... jamais!...

ATHANASIUS.

Songez à la lettre] écrite par vous, lettre qui précéda de quelques heures le meurtre du duc d'Heilberg, et que Job Hauser a constamment refusé de vous rendre; cette lettre, elle est là parmi les papiers que je possède.

LA DUCHESSE.

Ces papiers sont entre vos mains; je suis tranquille.

ATHANASIUS, se levant.

Alors, madame la duchesse, le vieillard suppliant relève devant vous sa tête qu'il avait courbée dans la poussière; il devient à son tour accusateur, et maintenant il vous demande: Que voulez-vous faire de cet enfant?

LA DUCHESSE.

Mais ne l'ai-je point accueilli dans mon palais?... n'ai-je point applaudi à tous vos efforts pour le rendre à la société?...

ATHANASIUS.

Oh! oui, vous avez suivi avec moi ses progrès rapides; avec moi vous avez été surprise vous-même de cette intelligence native.... vous avez admiré comme, en quelques mois, il a pu se façonner à ce langage du monde qui aurait demandé dix années d'études à l'esprit le plus précoce, ce malheureux orphelin que nous avons appelé Edgard!... vous lui avez ouvert vos trésors... pour qu'il pût briller dans les premières sociétés de Munich. Vous avez éveillé en lui toutes les passions; vous l'avez jeté au milieu de ces réunions brillantes dont l'atmosphère le tue... Mais ce n'est rien cela, madame; vous savez que vous lui devez plus encore : le titre et le nom de duc d'Heilberg.

LA DUCHESSE.

Jamais!... oh! jamais!...

ATHANASIUS.

Eh bien! puisque ma voix n'arrive pas jusqu'à votre cœur... une voix plus puissante aura peut-être sur vous plus d'empire.

LA DUCHESSE.

Que dites-vous?

ATHANASIUS.

Une autre personne connaît aussi ce secret.

LA DUCHESSE.

Une autre!...

ATHANASIUS.

Oui, j'ai dû le dire... car je l'avais promis.

LA DUCHESSE.

Mais qui donc?...

SCÈNE II.

LES MÊMES, FRÉDÉRICH.

FRÉDÉRICH.

Moi, ma mère!...

LA DUCHESSE, se levant.

Mon fils!... vous avez livré ce secret à mon fils!...

ATHANASIUS.

Il le fallait!...

FRÉDÉRICH.

Oui, ma mère, je sais qu'Edgard a des droits au titre de duc d'Heilberg.

LA DUCHESSE.

Ce n'est pas vrai.

FRÉDÉRICH.

Je sais que votre amour maternel aurait tout fait pour sauver à cet enfant les tortures qu'il a éprouvées...

LA DUCHESSE, à part.

Qu'entends-je!...

FRÉDÉRICH.

Mais que des conseils perfides... que des serviteurs guidés par l'espoir de riches récompenses ont commis un crime que vous avez toujours ignoré.

LA DUCHESSE, à part.

Ah!...

ATHANASIUS, bas.

Vous voyez, madame la duchesse, je n'ai pas tout dit.

FRÉDÉRICH.

Mais je ne veux pas d'un rang qui n'est pas le mien... l'infortuné auquel il est dû le recevra de moi, je le lui rendrai; et aux yeux de toute l'Allemagne, une grande réparation aura lieu, et ma mère la première sera heureuse de racheter un malheur cruel par un sacrifice qui jettera un éclat immortel sur la noblesse de notre maison... n'est-ce pas, ma mère, n'est-ce pas?...

LA DUCHESSE.

Suivez-moi, mon fils... votre cœur vous égare... c'est à moi de veiller sur l'honneur de la famille des ducs d'Heilberg.

(Ils sortent.)

SCÈNE III.

ATHANASIUS, seul.

Cette duchesse est infâme!... elle compte sur mon attachement pour Frédérich... elle croit que je ne dirai rien... oh! non!... je ne dirai rien... mais cette pauvre mère, que, dans ma fuite précipitée de Nuremberg, je n'ai pu revoir!... que lui répondrai-je, quand elle me redemandera son fils?... et ce fils que la duchesse a lancé, pour le perdre, dans le vice, dans la dépravation, que lui dirai-je quand il me demandera sa mère?... Déja, il ne m'écoute plus, je suis des jours entiers sans le voir... puis il m'effraie : c'est cet amour violent, emporté, qu'il a conçu pour Amélie, que je redoute sur-tout... Amélie, la fiancée de Frédérich! c'est qu'il ne la quittait pas une minute... il me faisait trembler en la regardant... Mais son absence dure cette fois plus qu'à l'ordinaire... pourvu qu'un nouveau crime ne soit pas caché là-dessous.

SCÈNE IV.

ATHANASIUS, EDGARD, en dehors.

EDGARD.

Où est madame la duchesse! je veux parler à madame la duchesse!...

ATHANASIUS.

Ah! je l'entends, je crois : oui, c'est lui!... mon Dieu! soyez béni, ils ne me l'ont pas tué encore!

EDGARD, entrant, pâle.

J'ai dépensé tout mon or! il me faut de l'or!

ATHANASIUS, à part.

Dans quel état je le revois!

EDGARD.

Ah! c'est vous?

ATHANASIUS.

Oui, c'est moi, votre vieux professeur.

EDGARD.

Avez-vous de l'argent à me donner, pour retourner au jeu?

ATHANASIUS.

De l'argent!... vous auriez plutôt besoin de mes conseils.

EDGARD.

Des conseils... toujours des conseils!...

(Impatienté, il va s'asseoir et se prend la tête à deux mains.)

ATHANASIUS.

J'ai passé bien des nuits à vous attendre; à chaque nuit a succédé le jour, puis une nouvelle nuit, et je vous attendais encore.

EDGARD.

Je n'avais pas pris d'opium... vous me l'avez défendu... je ne dormais pas... le plaisir m'appelait... comme une fièvre qui dévorait mon sang!... (Se levant.) Où est la duchesse, vous dis-je?... la duchesse qui me prodigue ses richesses!... oh! je l'aime! je l'aime!... car elle seule m'a fait connaître ce monde qui m'enivre et me fascine; elle seule m'a fait connaître le bonheur!...

ATHANASIUS.

Edgard, mon enfant!

EDGARD.

Ah! c'est que ce jeu, ces fêtes brillantes, c'est l'existence, voyez-vous!... je le sens bien.

ATHANASIUS.

Calmez-vous, calmez-vous!...

EDGARD.

Eh! croyez-vous donc que je suis comme les autres, moi, qui n'ai pas eu d'enfance!... non!... les passions se sont élevées en moi, fortes et violentes... il faut que je me livre à elles sans réserve!... il faut que j'épuise goutte à goutte les délires de l'orgie! c'est une jouissance qui me transporte... qui me fait mal... qui me tue, je le sens bien... Mais que m'importe la vie... (tristement.) elle est venue trop vite... elle s'en ira bien vite aussi!...

ATHANASIUS.

Mon cher élève! mon enfant... Dieu vous protégera.

EDGARD, amèrement.

Dieu... où est-il?...

ATHANASIUS.

Vous blasphémez!

EDGARD.

Où est-il pour moi?... quels bienfaits lui dois-je? quelle part m'a-t-il faite? Il m'a pris au berceau, faible et souriant pour m'ensevelir au fond d'un cachot qui m'étouffait!... pas d'air!... pas de soleil!... à peine un triste et pâle rayon! puis il m'a laissé là seize années; et quand il m'a retiré de ce cachot, quand l'air et le soleil m'ont été rendus, quand j'ai cherché autour de moi, pour trouver une famille à aimer et à bénir... rien... je n'ai rien trouvé... la solitude, le silence, l'abandon! J'avais un père... sur un portrait... je m'en souviens, j'ai contemplé ses traits adorés : on l'a assassiné lâchement; et ce Dieu qui sait tout, lui, pourquoi ne m'a-t-il pas montré l'assassin, pour que je venge mon père?

ATHANASIUS, levant les mains au ciel.

Pardonnez-lui, vous qu'il outrage!

EDGARD.

Je n'ai pas même un nom!

ATHANASIUS, à part.

Il m'épouvante!...

EDGARD.

Hier, j'ai vu un homme jeune comme moi, presser une femme entre ses bras, avec des transports d'ivresse... cette femme le couvrait de caresses et de baisers; cette femme, c'était sa mère! ai-je une mère, moi?

ATHANASIUS, à part.

Je tremble de tous mes membres.

EDGARD.

Et si elle existe, pourquoi Dieu ne l'envoie-t-il pas vers moi?... Si elle existe, pourquoi me prive-t-il des caresses et des baisers de ma mère?...

ATHANASIUS.

Oh! oh! c'est affreux!

(Il pleure et se cache le visage avec ses mains.)

EDGARD, s'élançant vivement vers lui.

Vous pleurez! je vous afflige... Vous le savez, je ne suis pourtant pas méchant... (il lui essuie les yeux.) je ne vous parlerai plus ainsi... allons, allons... dites que vous me pardonnez... ami.

(Il prononce cette dernière parole d'une voix douce et caressante : Athanasius lui sourit.)

ATHANASIUS.

Ami!... Il y avait long-temps que vous n'aviez prononcé ce mot-là... vous l'aviez oublié!...

EDGARD, avec affection.

Je le retrouverai toujours dans mon cœur.

ATHANASIUS.

Bien, bien! vous voilà raisonnable, et vous changerez de conduite, n'est-ce pas?... faute de sommeil, voyez-vous, vous vous tuez, et vous me tuez aussi, moi, en me montrant mon ouvrage qui périt entre mes mains.

EDGARD.

Oui, vous avez raison, je renoncerai à toutes ces folles passions qui me dévorent... oh! une exceptée, cependant... l'amour!

ATHANASIUS.

L'amour!... hélas! c'est la plus dangereuse, mon enfant!... regardez où elle vous égare.... vous comprenez maintenant ce que c'est que la séduction, la violence... Amélie en eût été l'objet... Grace au ciel, vous avez pensé qu'elle était la fiancée de Frédérich.

EDGARD.

Ah! ne me parlez pas de Frédérich! non, ne me parlez pas de lui... parlez-moi d'Amélie, de celle qui a produit en moi les premières sensations que j'ai ressenties. Son image m'accompagne partout, même au sein des plaisirs les plus brillants, à la table de jeu où je m'assieds, auprès des femmes qui m'entourent... elle, toujours elle; et si je me révoltais tout-à-l'heure contre Dieu qui me cache le mystère de ma naissance, si je veux un nom... si, dans mon imagination ardente, je rêve que ce nom est illustre; si, à l'aspect d'une couronne ducale qui reluit sur un noble front, je me sens prêt à l'arracher pour la poser sur le mien, c'est pour elle que je la desire, ce n'est pas pour moi.

ATHANASIUS.

Edgard!

EDGARD.

Que voulez-vous! l'amour m'a rendu ambitieux comme il me rendrait criminel, peut-être. (Avec force.) Oh! oui, oui! mourir ou la posséder!

ATHANASIUS.

Par bonheur, madame la duchesse a eu la prudence de l'éloigner du château. Edgard! Edgard! vous ne la verrez plus.

EDGARD.

On me l'a enlevée!...

ATHANASIUS.

Mais elle ne vous aime pas.

EDGARD.

Qui vous l'a dit, qu'elle ne m'aime pas?... Je veux qu'elle m'aime, moi... (Dans le plus grand degré d'exaltation, et sonnant. — Un domestique entre.) Des chevaux! une voiture! des chevaux!... vite, vite! Amélie, Amélie!

SCÈNE V.

LES MÊMES; LA DUCHESSE, sortant de son appartement.

LA DUCHESSE.

Qu'entends-je! qu'y a-t-il donc?

EDGARD.

Ah! madame, venez! on m'a ravi Amélie!.... où est-elle? Je veux savoir où elle est.

LA DUCHESSE.

Edgard!

EDGARD.

Vous me le direz, vous qui êtes si bonne pour moi... oh! je vous aimerai comme j'aimais mon image sainte, comme j'aimais ma pauvre fleur!

ATHANASIUS, avec énergie.

Ne le lui dites pas, madame la duchesse.

EDGARD.

Vous gardez le silence? Eh bien! je la retrouverai sans vous... oh! oui, je la retrouverai, je la retrouverai!

(Il sort dans une violente agitation : Athanasius, effrayé, le suit.)

SCÈNE VI.

LA DUCHESSE.

Vas, vas, toi dont j'ai développé avec persévérance les penchants terribles et fougueux; vas achever de perdre le peu de raison qui te reste! Le temps n'est pas loin où tu regretteras ton cachot d'Heilberg. (Après une pause.) Mais depuis quelques jours je n'ai pas reçu de nouvelles de Tony. Un des gardiens de la prison a été gagné par moi à prix d'or; il aurait dû venir ce matin, car c'est ce matin que le conseil aulique a dû décider si Tony sera mis en accusation... Oh! il viendra!... (Après une nouvelle pause.) Tony est dévoué et fidèle... je puis compter sur lui!... S'il parlait pourtant!... Athanasius le disait : mon sort tout entier dépend de lui!... Oh! que je voudrais que ce geôlier arrivât!...

SCÈNE VII.

LA DUCHESSE, UN DOMESTIQUE.

LE DOMESTIQUE.

L'homme qui est déja venu plusieurs fois est là?

LA DUCHESSE.

Qu'il entre !...

(Le domestique sort, et introduit Gothbury.)

SCÈNE VIII.

LA DUCHESSE, GOTHBURY.

(Gothbury remet à la duchesse une lettre et attend.)

LA DUCHESSE.

Pas de réponse ?

GOTHBURY.

On n'en demande pas.

LA DUCHESSE.

C'est bien.

(Gothbury se retire.)

SCÈNE IX.

LA DUCHESSE, seule.

(Elle décachette la lettre et la parcourt.)

Sauvée !... sauvée !... Oh ! merci, Tony !

(Elle lit.)

« Madame,

« Je me suis compromis moi-même pour « écarter de vous les soupçons... J'aurais pré- « féré pouvoir sortir de prison par le moyen que « vous m'aviez ménagé; cela a été impossible. « Je n'ai donc pas hésité; je me perds, madame « la duchesse !... voyez comme Tony tient un « serment !...

« Ce matin, j'ai fait appeler le conseiller de « la cour aulique, et je lui ai avoué que j'étais « coupable; je lui ai déclaré que cet enfant « était mon frère Gaspard Hauser, fils du vieux « Job, selon la loi, mais né réellement d'une « liaison adultère de ma mère avec un seigneur « de Nuremberg. J'ai ajouté que mon père, in- « digné de la trahison de sa femme, avait fait « disparaître le fruit de son crime. On m'a cru : « on devait me croire, d'autant plus que le fond « de cette histoire est vrai : seulement, l'en- « fant que ma mère portait est mort avant d'a- « voir vu le jour.

« Maintenant à vous, madame, de songer à « ce que vous m'avez promis ! »

Sauvée !... (Elle jette la lettre au feu.) Oh ! oui, je n'ai plus rien à craindre ! Il n'y avait que trois confidents de mon terrible secret : Tony se dévoue; Athanasius se taira toujours.... Frédérich..... oh ! Frédérich ne voudra pas déshonorer sa mère !...

SCÈNE X.

LA DUCHESSE, LE DOMESTIQUE.

LE DOMESTIQUE.

Une dame voilée dit qu'il faut qu'elle parle sur-le-champ à madame la duchesse.

LA DUCHESSE, brusquement.

Je n'y suis pas.

(Avant que le domestique ait pu sortir, Wilhelmine paraît au fond.)

SCÈNE XI.

LES MÊMES, WILHELMINE.

LA DUCHESSE.

Quelle audace ! Depuis quand les gens qui se présentent dans une noble maison n'attendent-ils pas la permission des maîtres pour y pénétrer ?

WILHELMINE.

Je vous en apprendrai la raison tout-à-l'heure.

LA DUCHESSE.

Je n'ai ni le temps ni la volonté de vous entendre, madame; retirez-vous !...

WILHELMINE.

Je reste.

LA DUCHESSE.

Ah ! c'en est trop ! (Au domestique.) Penn...

WILHELMINE.

Prenez garde, madame; vous vous repentirez bientôt de m'avoir fait chasser.

LA DUCHESSE, au domestique.

Obéissez !...

WILHELMINE, s'approchant d'elle, et levant son voile.

Regardez-moi donc !...

LA DUCHESSE.

Wilhelmine !...

WILHELMINE, à voix basse.

Oui, Valentine de Rosenthal, c'est Wilhelmine, duchesse d'Heilberg... Ordonnez-vous encore qu'on me chasse à présent ?...

(Sur un geste impératif de la duchesse, le domestique s'en va.)

SCÈNE XII.

LA DUCHESSE, WILHELMINE.

LA DUCHESSE, à elle-même et anéantie.

Wilhelmine !...

WILHELMINE.

Ah ! vous ne m'attendiez point, n'est-ce pas ?

LA DUCHESSE.

Elle n'est pas morte !...

WILHELMINE.

Dieu a voulu que Wilhelmine fût l'instrument de sa vengeance contre toi !... C'est lui qui a soutenu mon courage pendant seize années... c'est lui dont la voix consolante me disait toujours : « Espère ! tu recouvreras l'hon- « neur, et tu retrouveras ton enfant. »

LA DUCHESSE.

Ton honneur !... un arrêt l'a flétri... ton enfant... où est-il ?

WILHELMINE.

Ici!...

LA DUCHESSE.

Ici?

WILHELMINE.

Oh! n'essaie pas de me tromper; la feinte serait inutile : mon enfant est ici!... c'est ce malheureux que tu avais enfermé dans un de tes cachots d'Heilberg, et que le ciel a délivré.

LA DUCHESSE.

Mensonge!

WILHELMINE.

Mensonge?... Écoute, Valentine. Un homme, il y a huit mois, m'appela près de lui, et me révéla l'existence de mon fils. Il me demanda le secret jusqu'à ce qu'il me permît de parler. Je promis; puis cet homme disparut... On disait qu'il était parti pour la France; j'y retournai. Plusieurs mois se sont écoulés en recherches vaines. Il y a peu de temps, la clameur publique m'apprit une nouvelle étrange... Un infortuné avait été trouvé à Heilberg, nu, muet, privé d'air, de soleil, d'intelligence... Il y avait seize ans que durait son supplice, et c'est il y a seize ans que disparut l'héritier des ducs d'Heilberg. Je partis sur-le-champ, car j'avais deviné. J'arrivai à Munich, et là, j'appris que c'était ton palais qui lui servait de refuge!... La victime près du bourreau!... je tremblai... moi qui te connais; et, sans prévenir personne, sans chercher à voir cet homme à qui je m'étais liée par un serment, je courus à ce palais... et me voilà!... Rends-moi mon fils!...

LA DUCHESSE.

Réclame-le devant les tribunaux, si tu l'oses?

WILHELMINE.

Je comprends... tu crois que la crainte m'arrêtera; tu crois que le soin de ma vie l'emportera sur le bonheur d'embrasser mon enfant?

LA DUCHESSE.

Va crier à tes juges : « Mon fils!... donnez-moi mon fils!... » et ils te répondront : « Donne-nous ta tête. »

WILHELMINE, faisant quelques pas pour sortir.

Je le veux bien!...

LA DUCHESSE, l'arrêtant.

Wilhelmine, tu te perds!

WILHELMINE.

Je te perds aussi!... (La regardant avec mépris.) Oh! c'est toi qui trembles à ton tour? Parceque j'ai gardé le silence seize années, parce que j'ai supporté l'exil, la misère, la honte, tu as pensé que je n'avais ni force, ni résolution au cœur; parceque tu m'as faite veuve par l'assassinat, parceque tu m'as déshéritée de mon titre de mère par le rapt, tu as pensé que j'étais une femme faible dont la bouche ne laisserait pas échapper un murmure, dont l'énergie ne se réveillerait pas pour te maudire!... mais tu ne sais donc pas ce que donnent de courage à une mère ces mots magiques : « Il existe, ton enfant!... » tu ne sais donc pas que si, pour le retrouver et le presser dans ses bras, cet enfant, il fallait épuiser le sang de ses veines, elle répandrait ce sang sans pâlir, dût-elle ne le voir que quand la dernière goutte s'en échapperait avec la vie! (Avec exaltation.) Rends-moi mon fils!... rends-moi mon fils!...

LA DUCHESSE.

L'échafaud aussi alors!

WILHELMINE.

L'échafaud!... je ne veux ni grace ni pitié de toi.

LA DUCHESSE.

Tu as raison; entre nous c'est une lutte de chaque jour, de chaque heure, de chaque minute, et il faut qu'elle finisse!... mais crois-le bien, les armes ne sont pas égales!...

WILHELMINE.

Oh! si! le déshonneur pour nous deux!

LA DUCHESSE.

Pour toi seule!

WILHELMINE.

Pour toi et pour moi!...

LA DUCHESSE, avec dédain.

Tu es folle!...

WILHELMINE.

Non; au premier mot que je prononcerai, mon sort sera fixé, je ne l'ignore pas; ainsi que tu le disais il n'y a qu'un moment, aussitôt que ma voix aura crié aux juges : « Mon fils, donnez-moi mon fils... » ils me répondront : « Donne-nous ta tête... » c'est vrai... et crois-moi, je ne chercherai pas à me justifier du meurtre affreux dont on m'accuse, je ne montrerai pas à ceux qui m'ont condamnée, mon noble époux, massacré par ton ordre à côté de moi... j'irai au supplice, l'ame en paix, et le front haut... Mais toi!... oh! tu ne peux pas espérer de te soustraire au châtiment qui t'attend!... il y a des peines terribles dans les lois de l'Allemagne contre le crime dont tu t'es rendue coupable! ce crime, des papiers le prouvent, et ces papiers, l'homme qui m'a appelée il y a huit mois à Nuremberg, les possède... (Mouvement de la duchesse.) Ah! tu vois bien que les armes sont égales, Valentine, puisque mes paroles te font pâlir!

LA DUCHESSE, s'approchant d'elle.

Wilhelmine, c'est à la justice des magistrats que tu en appelles!... eh bien!... j'accepte le défi... suis-moi!...

WILHELMINE.

Allons!...

SCÈNE XIII.

LES MÊMES, ATHANASIUS, FRÉDÉRICH.

ATHANASIUS.

Wilhelmine!...

WILHELMINE.

Athanasius!... ah! merci, merci, mon Dieu!...

ATHANASIUS.

Je tremble!

WILHELMINE.

Vous avez en votre pouvoir les preuves de l'existence de mon enfant... (mouvement d'Athanasius.) vous les avez... vous me l'avez dit. Par le salut de votre ame, au nom de celui qui vous écoute et qui vous juge, au ciel, remettez-les-moi!...

ATHANASIUS.

Ah! madame!...

(Frédérich se cache la tête dans ses mains.)

WILHELMINE.

Vous avez pitié d'elle!... mais elle n'a pas eu pitié de moi tout-à-l'heure... savez-vous comment elle a répondu à mes larmes? en voulant livrer ma tête!... ces preuves, ces preuves, il me les faut!

ATHANASIUS, lui remettant des papiers.

Les voici....

FRÉDÉRICH, à Athanasius.

Athanasius!... qu'avez-vous fait?..

ATHANASIUS.

Mon devoir!... (La duchesse se laisse tomber dans un fauteuil. Athanasius s'approchant de Wilhelmine.) Il était bien pénible à remplir, ce devoir, madame... et pourtant je l'ai rempli!... vous m'avez redemandé le dépôt qu'un mourant m'avait confié sous la promesse de vous le rendre: Dieu me pardonnera de ne vous l'avoir pas rendu plus tôt, lui qui connaît le motif de ce retard!... Maintenant, madame, au nom de celui que vous invoquiez tout-à-l'heure, par le salut de votre ame aussi, écoutez un pauvre vieillard qui tombe en pleurant à vos genoux pour vous fléchir, comme il tombait ce matin à ceux de votre ennemie pour obtenir d'elle une réparation et un remords.

WILHELMINE.

Relevez-vous, relevez-vous, monsieur!

ATHANASIUS.

Non, je resterai là, madame, jusqu'à ce que mes prières vous aient attendrie! Vous avez entre les mains la vie... l'honneur de cette femme... (bas.) tout est là... tout... (haut.) mais elle n'est pas seule en ce monde: elle a un fils qui est là, devant vous, qui pleure, et qui n'ose pas même vous prier pour sa mère; et ce fils, pourtant, savez-vous ce que vous lui devez, madame? vous lui devez la vie de votre enfant!

WILHELMINE.

La vie de mon enfant!

ATHANASIUS.

C'est lui qui l'a arraché des souterrains d'Heilberg... c'est lui qui l'a pris sous sa garde; c'est lui, après Dieu, qui vous l'a rendu!...

WILHELMINE, à Frédérich.

Vous... c'est vous!... Ah! c'est bien! (Elle se jette dans ses bras.)

FRÉDÉRICH, dans ses bras.

Acquittez-vous, madame, en épargnant ma mère...

WILHELMINE.

Oui, oui!... je suis reconnaissante, moi!... que faut-il faire?... que voulez-vous?

FRÉDÉRICH.

Demain... ma mère et moi, nous quitterons pour jamais Munich. Parmi ces papiers, il en est un au moyen duquel les droits de mon cousin à mes titres, à mes dignités, à ma fortune peuvent être maintenant assurés: celui-là usez-en, madame... quant aux autres... s'il vous convient de vous en servir... attendez que nous soyons partis pour l'exil!

WILHELMINE.

Frédérich!... tu seras content de moi... (A Athanasius.) Mais mon enfant... menez-moi vers lui, monsieur!...

ATHANASIUS.

Venez, madame!...(lui-même.) Pourvu qu'il rentre cette nuit!...

LA DUCHESSE, traversant la scène sur le devant, pendant que les autres s'en vont, et apercevant tout-à-coup Tony, qui entre par une petite porte à droite.

Tony!

TONY, bas à la duchesse.

Soyez tranquille, madame, j'ai tout entendu; cette nuit vous aurez ces papiers!...

(Tableau.— Le rideau tombe.)

ACTE QUATRIÈME.

PREMIER TABLEAU.

La chambre d'Edgard.

SCÈNE I.

(Demi-nuit.)

TONY, seul.

Sans ma résolution, la duchesse était perdue : c'est la seconde fois que je la sauverai. Je sais bien que je cours de grands dangers en restant ici... mais n'importe!... je la servirai jusqu'au bout; d'ailleurs, on ne s'apercevra de mon évasion qu'au jour, et au jour je serai loin de Munich : ces papiers enlevés, je pars! Quant à la duchesse, je crois que son projet réussira... Mais Edgard tarde bien à revenir! dans son fol amour, il a couru après Amélie, et le vieil Athanasius s'est mis lui-même à la recherche de son élève... Oh! Edgard reviendra... et je l'attends... Pour exalter encore ses passions ardentes, j'emploierai un moyen sûr... une longue expérience m'a fait connaître ce que peut l'opium en bien comme en mal... à forte dose, il produit le transport, le délire avec une somnolence fièvreuse, et l'absence de tout sommeil et de toute raison... je m'en souviendrai... Mais j'entends marcher à pas précipités... c'est lui.

SCÈNE II.

TONY, EDGARD.

EDGARD, avec accablement.

Plus d'espoir! elle m'échappe à jamais... Et Frédérich, et la duchesse... et cet Athanasius qui disait tant m'aimer, personne ne me vient en aide... ils me laissent seul, seul dans ce monde où l'on m'avait promis le bonheur.

TONY, au fond.

Non, Edgard, vous n'êtes pas seul au monde.

EDGARD.

Quelqu'un ici! Qui êtes-vous?

TONY.

Un homme qui veut mettre un terme à vos tourments, un ami.

EDGARD.

Oh, soyez le bien-venu alors... car j'ai bien besoin de consolations, allez! Ils m'ont donné des passions, des desirs qui me brûlent, et que je ne puis éteindre... ils m'ont donné un nom qui n'est pas le mien... J'ai un titre, des trésors qui sont à moi, on me les vole; je voudrais mettre ce titre, ces trésors aux pieds d'une femme que j'aime avec ardeur... on me l'enlève, et je ne la reverrai jamais.

TONY.

Peut-être.

EDGARD.

Encore une fois, qui donc êtes-vous, pour me parler ainsi?

TONY.

C'est madame la duchesse qui m'envoie près de vous.

EDGARD.

La duchesse! Mais non... n'est-ce pas elle qui a éloigné Amélie de son palais?

TONY.

Il le fallait... car alors, elle n'avait nul espoir de vous la faire obtenir, même en sacrifiant le bonheur de son fils.

EDGARD.

Et maintenant?...

TONY.

Maintenant... écoutez-moi bien; une femme vient d'arriver dans ce palais... une femme, l'auteur de tous vos maux, celle qui vous poursuit depuis votre naissance.

EDGARD.

Comment savez-vous cela?

TONY.

C'est un mystère que madame la duchesse m'a confié; cette femme exerce sur votre sort une influence fatale, que nul effort humain ne pourrait détruire : la duchesse elle-même est forcée de trembler devant elle; je vous raconterai plus tard les secrets qui existent entre elle et vous. Quant à présent, qu'il vous suffise d'apprendre que les papiers précieux qui vous rendraient vos titres, et avec eux Amélie...

EDGARD.

Eh bien?

TONY.

C'est elle qui les possède.

EDGARD, avec transport.

Cette femme, où est-elle?

TONY.

Je vous le dirai.

EDGARD.

Dites, dites à l'instant même...

TONY.

Le moment n'est pas venu : cette nuit, quand tout reposera dans le palais, je viendrai vous chercher, et je vous instruirai de ce qu'il faut faire.

EDGARD.

Oh! j'aurai ces papiers, je vous le jure; et ce qu'il faudra faire pour les obtenir, je le ferai! car je veux percer le sombre mystère qui couvre mon existence, et je suis las, à la fin, de n'entendre autour de moi que des paroles de pitié, ou des railleries amères, et des sarcasmes moqueurs. Tenez, hier encore, j'étais au jeu, en compagnie de Rantzau et d'Oscar, deux des amis de Frédérich; la veine me souriait, des monceaux d'or étaient devant moi; chacun s'étonnait de voir ainsi la fortune me favoriser. « Eh! messieurs, s'écria Oscar, avec un dédain ironique que je ne saurais rendre : Qu'y a-t-il là d'étonnant? ne savez-vous pas que les... bâtards sont heureux! » Un éclat de gaîté folle accueillit cette plaisanterie, et mille regards s'attachèrent sur moi. Je sentis la rougeur me monter au front. Je me levai, je me précipitai sur Oscar, renversant les tables et l'or sur mon passage; je l'appelai lâche! et je le frappai au visage. Oh! c'est que vous ne savez pas, vous, tout ce qu'il y a d'humiliation et de mépris dans ce mot. Et si vous dites vrai, si cette femme possède les titres qui dévoilent ma naissance, il me les faudra, pour qu'un homme ne puisse plus m'insulter en m'appelant bâtard!

TONY.

Tâchez de prendre quelques moments de repos, car vous aurez besoin de calme, de sang-froid.

EDGARD.

Du repos! mais j'en cherche en vain... voilà cinq nuits que mes yeux ne se sont pas fermés... et je ne peux pas dormir; on me refuse même jusqu'à l'opium qui, autrefois, me faisait oublier ma misère.

TONY.

Je ne vous en refuserai pas, moi.

EDGARD.

Vous en avez donc?

TONY.

La duchesse m'en a donné pour vous.

EDGARD.

Oh! donnez... beaucoup... (Tony lui en donne.) beaucoup... Oh! merci...

TONY.

Quand trois heures sonneront à l'horloge du palais, je viendrai vous chercher.

EDGARD.

Et vous me direz les crimes de cette femme, n'est-ce pas? vous me direz pourquoi sa haine s'est acharnée contre le pauvre Edgard.

TONY, souriant.

Sa haine!... si vous lui parliez de sa haine, elle vous répondrait au contraire qu'elle vous chérit! pour mieux vous tromper, elle irait jusqu'à vous dire qu'elle est votre mère... mais vous ne la croiriez pas!

EDGARD.

Oh! non!

TONY.

Sur-tout de la discrétion, même pour Athanasius. (A part, en s'en allant.) Laissons l'opium produire son effet.

(Il sort.)

SCÈNE III.

EDGARD, seul.

Attendre jusqu'à trois heures... mais c'est un siècle, cela... Il me semble que chaque instant qui s'écoule entraîne avec lui tout mon bonheur, toutes mes espérances!... La famille à qui j'appartiens, je vais la connaître!... Cette mère, que je chéris sans l'avoir jamais vue, je vais savoir son sort!... On va me la montrer peut-être!.. Me la montrer!... Oh! cette seule pensée fait battre mon cœur de joie!... C'est que j'aimerais tant ma mère, moi!... (Avec passion.) Mais que faire? voici trois heures! Si, du moins, un peu de repos pouvait adoucir pour moi les tourments de l'attente... (Il se jette sur un meuble et cherche à dormir.) Ah! je donnerais dix ans de ma vie pour quelques moments de sommeil... Mais non... je ne puis... Qu'ai-je donc! cet opium, si bienfaisant jusqu'ici, me déchire la poitrine, me donne le vertige... Je veux fermer les yeux... mes paupières, comme un voile de feu, me brûlent, me dévorent... Il me semble que ma tête va éclater, j'ai la fièvre, le délire... (Se levant.) Insomnie, insomnie! torture de l'enfer! cesse, cesse, ou donne-moi la mort! (Il retombe sur un fauteuil et essaie en vain de dormir.)

SCÈNE IV.

EDGARD, ATHANASIUS.

ATHANASIUS.

Ah! le voilà! je le retrouve enfin!

EDGARD.

Oh! que je souffre!

ATHANASIUS.

Edgard!

EDGARD.

Hein!... Qui est-ce qui m'appelle? Athanasius!... Allez-vous-en, allez-vous-en.

ATHANASIUS, à part.

Oh! mon Dieu! comme ses traits sont bouleversés! comme ses yeux sont fixes et hagards! (Haut.) Je viens vous parler d'une personne qui doit vous être bien chère.

EDGARD.

D'Amélie!

ATHANASIUS.

Non, ce n'est pas d'Amélie.

EDGARD.

Alors, laissez-moi, laissez-moi, je vous en prie. Oh! que je souffre!

ATHANASIUS.

Dans cet état, je ne puis le conduire auprès de sa mère, j'attendrai un instant plus favorable.

EDGARD.

Vous restez donc?

ATHANASIUS.

Ma présence, je le vois, vous est importune; mais quand vous souffrez, mon devoir n'est-il pas de veiller auprès de vous?

EDGARD.

J'ai besoin de solitude; peut-être me rendra-t-elle le repos.

ATHANASIUS.

Je ne ferai aucun bruit, je ne parlerai pas.

EDGARD, à part.

Et cette femme près de laquelle on doit me conduire; comment faire, s'il reste là! Feignons de dormir, peut-être alors se décidera-t-il à se retirer. (Il feint de dormir. Trois heures sonnent.— A part.) Trois heures! on va venir.

ATHANASIUS.

S'il pouvait s'assoupir un moment, voyons... (Appelant bas.) Edgard!... pas de réponse... Ah! Dieu soit loué, il va pouvoir enfin reposer; mais cette lumière... emportons-la. Moi, je veillerai là, dans cette chambre, pendant son sommeil.

(Nuit.)

EDGARD.

Il est parti... Mais il me semble que j'entends marcher de ce côté...

TONY, entrant.

Êtes-vous seul?

EDGARD.

Oui; mais silence! il y a quelqu'un là... Où est l'appartement de cette femme?

TONY, à la porte de droite entr'ouverte.

Là, dans ce petit pavillon, au bout de la cour... Mais avant que je vous y conduise, madame la duchesse veut vous voir, et c'est elle qui vous remettra la clef. Venez, venez...

(Le rideau tombe.)

DEUXIÈME TABLEAU.

Une chambre simple: une alcôve au fond; à droite, un sopha: auprès, une petite table; à gauche, une porte.

SCÈNE I.

WILHELMINE, seule.

Il est parti pour courir sur les traces d'Amélie de Rinsfeld, et il n'est pas revenu!... Non, car Athanasius m'a promis de le conduire auprès de moi aussitôt qu'il serait rentré au palais! Oh! c'est que j'ai tant besoin de le voir! (Elle prête l'oreille.) Rien encore! J'écoute à chaque instant... J'entendrai bien le bruit de leurs pas sur les dalles de la cour... Pourquoi Athanasius m'a-t-il recommandé de n'ouvrir que lorsqu'il aurait frappé trois coups à cette porte et prononcé son nom? Redouterait-il quelque danger pour moi!... Oh! non!... il craint une émotion trop vive... (Elle va vers la table où sont étalés les papiers que lui a remis Athanasius, et s'assied sur le sopha.) J'ai parcouru ces papiers! quelles horribles révélations ils renferment! La duchesse est perdue, si je le veux! Je puis la faire monter sur l'échafaud à ma place!... Je l'épargnerai... ou plutôt j'épargnerai Frédérich; car c'est sur lui, le noble jeune homme, que retomberait ma vengeance, et je lui ai promis oubli et pardon! Moi, n'aurai-je point mon fils, d'ailleurs? Ne sera-t-il pas riche, puissant? Nous retournerons en France, s'il le faut! Il ne refusera pas de m'y suivre quand il saura que si sa mère a consenti à supporter une seconde fois l'exil, c'est pour ne point déshonorer celui à qui elle doit la vie de son fils; et il m'approuvera, car il doit être bon et généreux. Mon Edgard!... (Après une pause.) Edgard! Le doigt de la providence se montre jusque dans ce nom... Ce nom qu'ils lui ont donné... par hasard, sans doute... c'est celui que je murmurais tendrement à son oreille en le berçant entre mes bras! (Elle regarde à la pendule.) Mais l'heure s'avance, et il ne vient pas... Oh! je ne le verrai donc pas, cette nuit!... Athanasius n'a pu retrouver Edgard! Puisque Edgard n'est pas là!... oh! du moins, venez me bercer, doux rêves que Dieu envoie à la mère qui attend son enfant! (Elle éteint les lumières. Obscurité.) Allons! (Elle se dirige vers l'alcôve. Tout-à-coup un léger bruit se fait entendre. Elle s'arrête.) Quel est ce bruit? (Elle écoute.) Une clef tourne dans la serrure!... Et pas de signal!

(Elle court vivement vers la table où elle a déposé les papiers, les prend, les cache dans son sein, et s'appuie tremblante sur le bord du sopha.)

SCÈNE II.

WILHELMINE, EDGARD.

WILHELMINE, contre l'alcôve.

Qui est là?

EDGARD, près de la porte.

Elle ne dort pas!

WILHELMINE.

Est-ce vous, Athanasius?

EDGARD, s'approchant.

Non... c'est moi.

WILHELMINE.

Vous! je ne vous connais pas, monsieur! Qui vous a introduit ici? qui vous a remis cette clef? Que voulez-vous?

EDGARD.

Qui m'a introduit ici? que vous importe? Qui m'a remis cette clef? que vous importe encore?... Ce que je veux!... je vais vous le dire, ce que je veux!

WILHELMINE, avec explosion.

Ah! vous êtes envoyé par Valentine! mais ma voix a assez de force pour appeler à mon secours...

(Elle se dirige vers la porte: Edgard l'arrête en la saisissant fortement par le bras.)

EDGARD.

Vous avez des papiers qui contiennent le secret de toute une vie! Il me les faut!

WILHELMINE.

Pourquoi?

EDGARD.

Parcequ'il me les faut... et que si vous ne me les donnez pas... je les prendrai!

WILHELMINE.

On vous a trompé... Je n'ai rien.

EDGARD.

Vous les avez!

WILHELMINE.

Non.

EDGARD, lui montrant son sein.

Ils sont là!

WILHELMINE.

Je suis perdue!

EDGARD.

Vous voyez que je suis bien instruit... ainsi... croyez moi, cédez sans résistance: mon sang bout déja dans mes veines; j'avais du calme tout-à-l'heure; je n'en ai plus... Oh, c'est que ces papiers, c'est mon existence, mon bonheur, mon avenir; c'est que vous tenez entre vos mains la vie et la mort d'Edgard.

WILHELMINE.

Edgard!... l'enfant qu'on a trouvé au fond des souterrains d'Heilberg!

EDGARD.

Oui! c'est moi!

WILHELMINE.

Ah! sauvée! (Se jetant dans ses bras.) Je suis ta mère!

EDGARD, souriant amèrement.

Ma mère!... oui... je sais, Tony m'avait averti que vous emploieriez ce moyen pour m'attendrir!... (La repoussant.) Mais vous mentez! vous n'êtes pas ma mère!

WILHELMINE, avec larmes.

Je ne suis pas ta mère, pauvre enfant! Je ne suis pas Wilhelmine Haller, l'infortunée qu'ils ont condamnée et proscrite? Ce n'est pas moi qui, depuis seize ans, pleure mon fils qu'ils m'avaient volé!

EDGARD, avec le même sourire.

Non! non!

WILHELMINE. Elle s'est débarrassée des mains d'Edgard.

Ce n'est pas moi!... Oh! être méconnue par son fils, mon Dieu! Avoir tant souffert, tant pleuré, n'avoir point passé un seul jour sans penser à lui, une seule nuit sans prier le ciel pour lui; et quand je le retrouve, l'entendre me dire: « Vous n'êtes pas ma mère! »

EDGARD.

C'est la duchesse qui est ma mère, elle qui a pris soin de l'orphelin abandonné!

WILHELMINE.

Elle!

EDGARD.

Aussi je l'aime autant que je vous hais.

WILHELMINE.

Mais c'est cette femme qui est la cause de tous tes maux; c'est cette femme qui, pour t'enlever ton rang, tes titres, ta fortune, t'a gardé, seize ans, dans un cachot; c'est elle enfin qui a assassiné ton père!

EDGARD.

Non! c'est vous!

WILHELMINE, avec désespoir.

Moi!... moi!... (Le pressant dans ses bras.) Eh bien, conduis-moi auprès d'elle! viens, que je la confonde devant toi!

EDGARD.

Les papiers!.. ou nous ne sortirons pas d'ici.

WILHELMINE.

Qu'en veux-tu faire?

EDGARD.

On m'a promis Amélie quand je serai maître de ces papiers.

WILHELMINE.

Qui t'a promis cela?

EDGARD.

La duchesse!

WILHELMINE.

Et à qui dois-tu les remettre?

EDGARD.

A elle!

WILHELMINE.

Tue-moi, alors, car je ne te les donnerai pas!

EDGARD.

Je vous ai dit que, si vous ne me les donniez pas, je les prendrais!... regardez-moi, madame!... comme je suis pâle! comme ma voix tremble... Je suis fou, voyez-vous, je suis fou, et je sens que Dieu lui-même me demanderait en vain pitié pour vous! Ma tête brûle, mes forces s'épuisent... tenez... je chancelle... il me semble que le sol tourne autour de moi...(D'une voix terrible.) Une dernière fois, ces papiers!.... ces papiers!

WILHELMINE.

Jamais !

EDGARD.

Je les aurai ! (Il va à la porte, la ferme, et jette la clef par la fenêtre.)

WILHELMINE, fuyant.

Mon fils ! mon fils !

EDGARD, la poursuivant.

Je les aurai !

(Il l'atteint près du sopha, et la frappe. Par un mouvement rapide il porte la main au sein de Wilhelmine, en arrache les papiers qu'il regarde : mais à la vue du sang, il recule effrayé en poussant un cri après celui qu'a poussé Wilhelmine : il va se retirer contre la porte et reste là, anéanti ; Wilhelmine, qui est tombée à terre près du sopha, se soulève avec effort en s'accrochant à lui ; on voit qu'elle fait des efforts inouis pour se tenir debout ; elle y parvient enfin. Puis, elle pose la main sur sa blessure.)

WILHELMINE.

Un instant encore, ô mon Dieu ! rien qu'un instant ! (Elle fait un pas... puis un autre, en se dirigeant vers Edgard jusqu'à ce qu'elle soit près de lui.) Edgard ! Edgard ! (Elle saisit sa main : Edgard frémit.) Tu m'as tuée !... tu m'as dit ; « Vous n'êtes pas ma mère... » C'est vrai pourtant que je suis ta mère, mon Edgard !... tiens, je suis là à tes pieds, mourante... et pas une plainte, par un reproche ne sortent de ma bouche !... c'est que je suis bien ta mère, va ! oh ! rien qu'un baiser, mon enfant, avant que mon ame s'échappe, avant que mes yeux cessent de te voir.

EDGARD, dans le délire, la repoussant.

Plus loin... plus loin... vous mettez de votre sang sur moi !

WILHELMINE.

Oh, il ne me croit pas encore ! Edgard, les serments sur la croix sont sacrés !... Veux-tu que je jure sur la croix ?... attends... (Elle détache une petite croix qui est à son cou.) Tiens... celle-ci qui ne m'a jamais quittée, celle-ci qui est toute mouillée des larmes que je versais en priant pour toi... je le jure sur elle ! je suis ta mère !

EDGARD.

Oh ! non, non... c'est impossible... et cependant... le son de votre voix m'émeut et me fait tressaillir... oh ! mais, non, non ! ils ne m'auraient pas fait assassiner ma mère !

WILHELMINE.

Ce n'est pas toi ! tu n'es pas coupable, pauvre enfant ! je te pardonne, et je te bénis !

EDGARD, avec un cri.

Vous me bénissez après mon crime ! Ah ! ah ! oui, vous devez être ma mère !

(Il la prend dans ses bras et la serre convulsivement.)

WILHELMINE.

Enfin... merci, mon Dieu !

EDGARD.

Et je t'ai frappée !... et le poignard n'est pas tombé de ma main... oh ! mais est-ce que je t'ai frappée ? est-ce que j'ai eu cet affreux courage ?... (Avec horreur.) Oh ! oui, oui, je suis tout couvert de ton sang ! oh ! j'ai tué ma mère ! (Se levant vivement.) Du secours ! du secours ! (Il va à la porte.) Fermée !... j'ai fermé cette porte ! oh, je la briserai !..

(Il fait de vains efforts pour l'ébranler.)

WILHELMINE

Edgard ! viens.

EDGARD, courant à elle.

Me voilà ! ma mère.

(On entend du bruit au dehors.)

WILHELMINE.

Écoute !...

(Elle s'évanouit.)

EDGARD.

Ma mère !...

SCÈNE III.

LES MÊMES, ATHANASIUS, FRÉDÉRICH, DOMESTIQUES.

(Le jour a paru.)

FRÉDÉRICH, reculant effrayé.

Ah ! malheur ! malheur !

(Edgard qui s'est retiré d'auprès de sa mère et qui s'est approché machinalement de la porte, reste pensif et la tête penchée sur sa poitrine. Frédérich a couru vers Wilhelmine.)

ATHANASIUS, s'arrêtant avec horreur.

Mon Dieu ! je suis arrivé trop tard !

SCÈNE IV.

LES MÊMES, LE CONSEILLER DE LA COUR AULIQUE.

LE CONSEILLER. En entrant, il aperçoit Wilhelmine.

Une femme assassinée !

FRÉDÉRICH.

Elle respire encore ! elle vivra !

EDGARD.

C'est ma mère !... je l'ai tuée... j'ai tué ma mère !...

(Ses traits deviennent convulsifs, et un rire affreux s'échappe de ses lèvres.)

(Le rideau tombe.)

ACTE CINQUIÈME.

Un salon.

SCÈNE I.

ATHANASIUS, *seul.*

(*Il regarde à gauche où une petite porte est entr'ouverte.*)

Il repose! Oh! la malédiction du ciel est sur cette famille... le fils meurtrier de sa mère! la mère, sous le coup d'une condamnation capitale; car, malgré son innocence, si elle est découverte... par bonheur, on ignore son véritable nom!... et bientôt, je l'espère, elle pourra partir : la blessure était peu profonde : le fer avait glissé, et ses forces sont presque revenues.

SCÈNE II.

ATHANASIUS, WILHELMINE.

ATHANASIUS.

Quelle imprudence, madame!... sortir sitôt sans me prévenir.

WILHELMINE.

Oh! soyez sans crainte... je suis bien, tout-à-fait bien... mais... lui?

ATHANASIUS.

Lui!

WILHELMINE.

Oui, mon Edgard?...

ATHANASIUS.

Madame... je ne sais comment vous exprimer... mais votre fils... il n'était pas en mon pouvoir...

WILHELMINE.

Ils l'ont arrêté... n'est-ce pas, comme meurtrier?

ATHANASIUS.

Non, madame; Tony seul est arrêté.

WILHELMINE.

Et Valentine?

ATHANASIUS.

La duchesse! La certitude que les papiers qui pouvaient la perdre n'existent plus l'a rendue plus fière, plus orgueilleuse que jamais.

WILHELMINE.

Mais alors, puisqu'Edgard est libre, pourquoi ne l'ai-je pas vu?

ATHANASIUS.

Oh! je vous en supplie, ne m'interrogez pas!

WILHELMINE.

Parlez... parlez... (*Avec résignation.*) Oh! ai-je à craindre quelque chose encore!

ATHANASIUS.

Eh bien... cette commotion terrible sur des organes si faibles... Oh! mon Dieu! comment dire cela à une mère!

WILHELMINE.

Mais achevez donc! vous me faites mourir...

ATHANASIUS.

Sa pauvre tête n'a pu résister...

WILHELMINE.

Il est fou! vous n'osez prononcer ce mot; mais je le lis dans vos yeux... il est fou!

ATHANASIUS.

Voyez vous-même la déclaration des premiers médecins de Munich...

WILHELMINE, *lisant.*

L'idiotisme! la plus incurable de toutes les folies... (*Elle pleure.*) Mon enfant! oh! le ciel n'est pas juste! (*Vivement.*) Où est-il? je veux le voir; je veux tâcher de ramener en lui une lueur de raison par mes baisers et mes caresses.

ATHANASIUS, *à part.*

La raison!.... elle peut lui revenir un moment, mais ce moment précédera sa mort...

WILHELMINE.

Répondez-moi donc... conduisez-moi vers lui!

ATHANASIUS.

Hélas! il ne reconnaît personne!

WILHELMINE.

Mais il me reconnaîtra, moi, sa mère!

ATHANASIUS.

Si vous vouliez me promettre d'être calme, je pourrais y consentir.

WILHELMINE.

Oh! je vous le promets.

ATHANASIUS, *ouvrant une porte à gauche.*

Tenez... là...

WILHELMINE.

Comment! étendu à terre, dans cet état?

ATHANASIUS.

Son idée fixe est de se croire dans son cachot... Il a demandé cette natte, son image sainte; enfin, tout ce qui lui rappelait sa captivité. Je lui ai donné même, pour flatter sa manie, des vêtements semblables à ceux qu'il portait dans sa prison..... et j'ai eu le bonheur de pouvoir me procurer une fleur semblable à celle qu'il cultivait... Cette fleur, chaque matin, il l'apporte ici pour l'arroser avec l'eau de ce vase : c'est maintenant son seul bien, son seul amour.

WILHELMINE, *au désespoir.*

Son seul amour! il ne m'aimera donc plus, moi!

ATHANASIUS.

Vous m'aviez promis d'être calme...

(*Bruit en dehors.*)

WILHELMINE.

On vient...

ATHANASIUS, fermant la petite porte.

Le conseiller de la cour, peut-être, pour interroger encore ce pauvre enfant... (Frédérich entre.) Non, c'est Frédérich.

WILHELMINE.

Frédérich !

(Elle va pour se retirer.)

SCÈNE III.

LES MÊMES, FRÉDÉRICH.

FRÉDÉRICH.

Ah! madame, je vous en supplie, demeurez.

WILHELMINE.

Est-ce un nouveau malheur que vient m'annoncer le fils de Valentine?... Oh! je défie la haine de votre mère, car le ciel a comblé la mesure de toutes mes infortunes...

FRÉDÉRICH.

Moi, madame !... je n'ai pas de haine pour vous... Vous hésitez à me croire... Plus tard, je l'espère, je me justifierai; mais les moments sont précieux, il y va de votre vie...

WILHELMINE.

Eh! que m'importe la vie, à moi?

FRÉDÉRICH.

De grace, laissez-moi continuer.

ATHANASIUS.

Oui, oui, permettez-lui de parler, madame.

WILHELMINE.

Oh! rien! non, rien du fils de Valentine!

FRÉDÉRICH, la retenant.

Et pourtant, madame, si ce fils, pour vous donner un gage de sa bonne foi, pour obéir à un devoir d'honneur, ne craignait pas d'accuser devant vous celle qui lui a donné le jour; s'il venait vous défendre contre elle... refuseriez-vous de l'entendre?... dites, seriez-vous sourde à sa voix, s'il vous disait : Ma mère a fait votre malheur; épargnez-lui un nouveau crime, un crime irréparable?

WILHELMINE.

Je vous écoute, monsieur... mais parlez vite.

FRÉDÉRICH.

Oh! oui, madame, je parlerai vite, car chaque instant qui s'écoule enlève un espoir à mon cœur... Une odieuse erreur vous a fait condamner...

WILHELMINE.

Oui... condamner à mort; et, si l'on apprend qui je suis, l'échafaud sera dressé pour moi.

FRÉDÉRICH.

Eh bien !... Ah! cela est horrible à dire pour un fils!

ATHANASIUS et WILHELMINE.

Eh bien?

FRÉDÉRICH.

Ma mère vous a dénoncée à la justice.

ATHANASIUS.

Horreur !

WILHELMINE.

Je m'y attendais.

FRÉDÉRICH.

Avant une heure peut-être, on viendra vous arrêter, vous traîner expirante dans les prisons destinées au coupable. Ne repoussez pas ma prière... nous avons encore quelques instants... tout est prêt... consentez à fuir... bientôt nous aurons gagné la frontière de France... c'est à genoux que je vous en supplie. Ah! ne résistez pas à mes larmes, à mon désespoir.

UN DOMESTIQUE, annonçant.

Monseigneur le conseiller aulique, grand-juge criminel.

ATHANASIUS et FRÉDÉRICH.

Il n'est plus temps!

SCÈNE IV.

LES MÊMES, LE CONSEILLER; GARDES, au fond.

LE CONSEILLER.

Qu'on redouble de surveillance, et que personne ne puisse sortir de ce palais.

FRÉDÉRICH, à Athanasius.

Et je n'ai pu la sauver!

LE CONSEILLER.

Monsieur, une femme est en ces lieux... son nom est Wilhelmine Haller... Au nom de la cour aulique, je vous somme de nous la livrer... Vous gardez le silence... Où est cette femme? où est Wilhelmine Haller?

WILHELMINE.

C'est moi, monseigneur.

LE CONSEILLER.

Vous savez, madame, de quel crime vous avez été accusée.

ATHANASIUS.

Mais, monseigneur... elle est innocente... Par ce qu'il y a de plus sacré au monde, jamais un cœur ne fut plus pur, plus généreux que le sien... Il existe des preuves, je les ai vues, moi, ces preuves... Oh! laissez-nous au moins le temps de les chercher encore.

LE CONSEILLER.

Un seul espoir vous reste; cet espoir, j'ose à peine le partager avec vous, noble Athanasius... mais au moins, jusqu'au dernier moment... nous accomplirons notre devoir... Peut-être la providence enverra-t-elle au pauvre Idiot un éclair de raison!

(Musique.)

SCÈNE V.

LES MÊMES, EDGARD.

ATHANASIUS, le voyant.

Le voilà! Edgard! Edgard!

EDGARD.

(Il entre dans un costume qui se rapproche de celui du second tableau : il porte sa fleur.)

Je ne m'appelle pas Edgard! ce n'est pas mon nom... j'en ai un autre...

(Il dépose sa fleur près d'une table.)

WILHELMINE, à part.

Mon pauvre enfant! mon pauvre enfant!

LE CONSEILLER, avec douceur.

Edgard!

EDGARD.

Eh! laissez-moi... je vous dis que ce n'est pas mon nom...

LE CONSEILLER.

Ne tremblez pas... mais répondez-moi... ces papiers que vous aviez là... dans votre sein... vous ne les avez pas retrouvés...

EDGARD.

Les papiers! (Riant convulsivement.) Eh! eh! eh!

LE CONSEILLER.

Parlez, parlez... et espérez tout de nous.

EDGARD.

Je suis un pauvre enfant qu'on a élevé dans un cachot... qu'est-ce que vous me voulez? qu'est-ce que vous me voulez?

WILHELMINE.

Oh! par pitié... épargnez-le... je suis prête à vous suivre, monseigneur... mais épargnez-le... voyez comme il souffre...

(Pendant la fin de cette scène, Edgard a tiré de son sein l'image sainte, et l'a attachée au mur : puis il s'agenouille, prie et regarde sa mère.)

WILHELMINE.

Edgard!... (Il ne lui répond qu'en regardant son image.) Ah! il avait raison : il ne me reconnait pas!

LE CONSEILLER.

Il ne me reste donc plus qu'à exécuter les ordres rigoureux de la cour...

(Il fait un geste pour sortir.)

ATHANASIUS.

Non, monseigneur... non... vous nous permettrez, n'est-ce pas... de tenter un dernier effort... ces papiers, il ne les a pas détruits, car nous en aurions retrouvé les débris... Laissez-moi avec lui, avec sa mère... ce palais est gardé : elle ne peut vous échapper... Monseigneur, au nom de la justice de Dieu, je demande cette grace à la justice des hommes...

WILHELMINE.

Oh! monseigneur... c'est peut-être une inspiration du ciel.

LE CONSEILLER.

Je puis à peine vous accorder quelques instants... j'y consens pourtant... je ne quitterai pas ce palais... mon devoir me l'ordonne... Puissiez-vous déchirer le voile qui nous cache la vérité... puissiez-vous nous fournir l'occasion de réparer un grand malheur. Suivez-moi, messieurs.

(Il sort avec Frédéric et les gardes.)

SCÈNE VI.

ATHANASIUS, WILHELMINE, EDGARD.

ATHANASIUS.

Comment y parvenir? Tenez, il est devenu sombre et taciturne! ce sont de ces moments où il garde un silence obstiné, et ces moments-là durent long-temps!

WILHELMINE.

Mais nous n'avons que quelques minutes!

ATHANASIUS.

J'ai remarqué pourtant que si une diversion était faite à ses occupations habituelles, il redevenait aussitôt plus confiant et plus expansif... Il faudrait trouver un moyen... oh! j'y suis! (A lui-même.) Je vais cacher sa fleur.

WILHELMINE.

Quel est votre projet?

ATHANASIUS.

Laissez-moi faire : vous allez voir. (Athanasius a pris la fleur et l'a cachée.) Sur-tout ne lui dites rien. (Ils se mettent de côté.)

EDGARD, riant, comme dans la scène de l'interrogatoire.

Eh! eh! papiers... (mettant la main sur son sein.) pas là!... (Il se promène quelques moments et s'arrête tout à coup.) Ah! et pauvre fleur!

ATHANASIUS, à Wilhelmine.

Là... je ne m'étais pas trompé!

(Edgard a pris la cruche, pleine d'eau, et s'est dirigé vers l'endroit où sa fleur a été placée par lui : étonnement de ne pas la voir : il cherche partout, puis, marque une grande agitation.)

ATHANASIUS, s'approchant de lui.

Que cherchez-vous, Edgard?

EDGARD.

Fleur... fleur!

ATHANASIUS.

L'homme qui est venu tout-à-l'heure vous demander où étaient les papiers, a emporté votre fleur, pour vous punir de ne pas lui avoir répondu. (Edgard le regarde d'un air de doute; il retourne à l'endroit où était sa fleur, et revient; puis il se désole et pleure plus fort : ensuite, il saisit son professeur par le bras, et lui fait des gestes menaçants.) Il recommence à vouloir me battre... c'est bon signe... (A Edgard.) Calmez-vous!... on ne vous l'a pas emportée, et je vais vous la rendre... (Joie d'Edgard.) Mais vous parlerez, n'est-ce pas, mon enfant, vous parlerez?

EDGARD.

Oui... oui...

ATHANASIUS, le conduisant à l'endroit où est la fleur.

Tenez!

(Edgard saute de plaisir en l'apercevant : il la porte à sa place ordinaire et l'arrose.)

ATHANASIUS.

Maintenant, Edgard, vous allez m'apprendre où vous avez mis ces papiers!... (Silence d'Edgard.) Vous vous taisez... vous n'êtes donc pas reconnaissant?... (Prenant Wilhelmine par la main et la lui montrant.) Regardez : voici une femme bien malheureuse, qui va mourir si ces papiers que vous avez ne lui sont pas rendus... c'est votre mère!

EDGARD.

Ma mère!... on l'a assassinée... c'est pas moi... j'aime ma mère!...

WILHELMINE.

Oh! encore!... encore!

ATHANASIUS.

Mais vous êtes bon, Edgard... vous ne laisserez pas mourir cette femme quand vous pouvez la sauver!... Allons, avouez-moi la vérité... vous avez caché ces papiers...

EDGARD, riant d'un air hébété.

Eh! eh!... oui.

ATHANASIUS.

Dans quel endroit?

(Edgard le regarde fixement et se tait.)

WILHELMINE, saisissant Edgard dans ses bras.

Mon fils! mon Edgard! au nom du ciel, rappelle tes souvenirs! car j'ai peur de mourir, vois-tu, maintenant que je t'ai retrouvé!

ATHANASIUS.

Oui, rappelez vos souvenirs... Y a-t-il longtemps que vous les avez cachés?

EDGARD.

Là... (il indique sa poitrine.) tout de suite...

ATHANASIUS.

Je comprends... vous les avez placés là... d'abord; mais ensuite vous les avez mis ailleurs. Edgard fait un signe affirmatif.) Eh bien! c'est cela qu'il faut nous dire.

EDGARD.

Cherchez! cherchez!...

ATHANASIUS.

Cherchez avec nous.

EDGARD. Il porte la main à son front et réfléchit; puis il fait quelques pas de côté et d'autre; enfin, il baisse la tête tristement, et dit :

J'sais plus!

WILHELMINE.

Ah!

ATHANASIUS.

C'est que vous ne voulez pas, Edgard!...

EDGARD.

Non, non... vrai... j'sais plus.

(Il est devenu plus sérieux, et semble penser profondément.)

ATHANASIUS.

Si je ne me trompe, la pensée de les retrouver le préoccupe vivement : en ce moment, remarquez comme il porte avec agitation la main à sa poitrine; puis comme il promène ses regards par-tout... Tenez, il nous observe pour voir si nous n'avons pas les yeux sur lui... La mémoire semble lui revenir... mais il est inquiet, presque irrité de notre présence... Retirons-nous, retirons-nous...

(Ils vont pour sortir.)

SCÈNE VII.

LES MÊMES, LE CONSEILLER, FRÉDÉRIC, GARDES.

(En ce moment, la porte s'ouvre : un exempt paraît, une torche à la main; le conseiller le suit.)

WILHELMINE, les voyant entrer.

Déja!

LE CONSEILLER.

Madame, le délai que je vous avais accordé vient d'expirer... il faut me suivre.

ATHANASIUS.

Plus d'espoir!

EDGARD.

Encore ces hommes!.... Que me voulez-vous?... me prendre le seul bien qui me reste... cette fleur... ma seule amie... Eh bien! non, vous ne l'aurez pas... j'aime mieux la briser moi-même. (Il jette violemment le vase à terre; il se brise en éclats, et les papiers en sortent. — Avec explosion.) Ah! retrouvés! retrouvés! (Il se jette dessus. Tout le monde s'approche.) Éloignez-vous... éloignez-vous... Je les ai retrouvés, ces papiers... on ne le sait pas.... c'est ma fleur qui les avait... Ma mère... portez-les à ma mère!

(Il les tend sans regarder.)

LE CONSEILLER.

Ces papiers appartiennent à la justice.

(Il s'en empare.)

FRÉDÉRICH, à part.

Ma mère est perdue!

WILHELMINE, pressant Edgard dans ses bras.

Mon Edgard!

EDGARD.

Oui... je suis Edgard... et vous... vous êtes ma mère... — voilà mon maître, mon second père..... — voilà Frédérich, mon ami, mon frère!

WILHELMINE, avec joie.

Il nous reconnaît!

EDGARD.

Venez... venez tous sur mon cœur... je suis heureux! Oh! oui, je suis heureux... et pourtant je sens quelque chose là qui me dévore...

ATHANASIUS, à part.

C'en est fait...

EDGARD.

Ma mère... vous m'avez pardonné... oh ! bénissez-moi, car je sens que je vais mourir.

WILHELMINE.

Mourir !

EDGARD.

Oh ! oh !... (Regardant sa fleur.) Pauvre amie du prisonnier !... flétrie... et brisée... comme moi... déja plus rien de toi... bientôt plus rien de moi... pas même un souvenir laissé à ma mère... oh ! si, si... le portrait de mon père... (A Wilhelmine.) Tiens... tiens... tu me le rendras au ciel, où nous nous reverrons tous... au ciel où sont les anges, où l'on n'enferme pas les pauvres enfants dans un cachot... Mère... Frédérich... ami... dormir... dormir...

(Il meurt.)

(Tout le monde jette un cri déchirant. — La toile baisse.)

FIN DU PAUVRE IDIOT.

PARIS.— IMPRIMERIE NORMALE DE JULES DIDOT L'AINÉ,
n° 4, boulevart d'Enfer.

www.ingramcontent.com/pod-product-compliance
Ingram Content Group UK Ltd.
Pitfield, Milton Keynes, MK11 3LW, UK
UKHW021208230726
13926UKWH00001B/384